HABIBI

Juergen von Rehberg

HABIBI

Eine barmherzige Lüge

Bibliografische Information der Deutschen National-bibliothek:
Die Deutsche Nationalbibliothek verzeichnet diese Publikation in der Deutschen Nationalbibliografie; detaillierte bibliografische Daten sind im Internet über http://dnb.dnb.de abrufbar.

Herstellung und Verlag: BoD – Books on Demand, Norderstedt
ISBN: 9783755754190

Als wäre er nicht schon gestraft genug, kam jetzt auch noch dieser dumme Unfall dazu. Ein Buch in der obersten Etage seiner Bücherwand war Gabriel Baumann zum Verhängnis geworden.

Er war auf die kleine Leiter gestiegen und hatte das Gleichgewicht verloren, als er die gesuchte Lektüre zwischen den anderen Büchern nicht gleich herausziehen konnte. Und seine Ungeduld war ihm nicht gerade hilfreich dabei.

Gabriel war frisch geschieden. Seine wesentlich jüngere Ehefrau Birte, hatte sich unsterblich in einen Mandanten von Gabriel verliebt und diesen gegen ihren Gatten ausgetauscht.

Somit verlor Gabriel nicht nur seine Ehefrau, sondern auch einen sehr guten Mandanten. Gabriel hatte den Kerl – in einem Rausch ähnlichen Zustand von Wut und Eifersucht – aus seiner Anwaltskanzlei hinausgeworfen.

Das wiederum hatte zur Folge, dass Viktoria, Tochter der Baumanns und Mitarbeiterin in der Kanzlei, ihren Vater für verrückt erklärte, da es sich bei Bernhard Troger, den neuen Mann an der Seite ihrer Mutter, um eine einflussreiche Persönlichkeit handelte, durch dessen Einfluss noch weitere Mandanten abspringen könnten.

*****

Ein lauter Aufschrei war die erste Reaktion auf Gabriels Sturz. Die Fallhöhe war zwar äußerst gering, jedoch der Aufprall auf die Hand und den Unterarm der rechten Extremität verursachte höllische Schmerzen. Und nicht zu vergessen, der Schreck, der verstärkend hinzukam.

Gabriel Baumann bemitleidete sich selbst, weil ja außer ihm niemand da war, der das hätte übernehmen können.

Er nahm sein Handy mit der noch funktionierenden Hand und wählte den Notruf. Kurze Zeit später wurde er in die Universitätsklinik gefahren und von seinem Freund, Professor Waldemar Fromm lächelnd in Empfang genommen.

„Lach du nur, du Knochenflicker", sagte Gabriel, der den Professor seit Studienzeiten kannte. Die beiden Männer waren im selben Alter und hatten anfangs sogar das gleiche Studienfach gewählt. Aber irgendwann war Gabriel abgesprungen, um sich der Juristerei zuzuwenden.

„Willkommen, Rechtsverdreher!", kam postwendend die Antwort des Professors, *„was führt dich in diese heiligen Hallen?"*

Diese Art der verbalen Spielereien hatten die beiden bereits während ihres Studiums begonnen und bis auf den heutigen Tag nicht abgelegt.

„Ich wollte den Gipfel der Literatur besteigen und bin abgestürzt", antwortete Gabriel in Anspielung auf sein Missgeschick.

„Du hast früher schon unter Höhenangst gelitten", erwiderte der Professor, der über das geringe Ausmaß der kleinen Trittleiter von gerade einmal 80 cm Höhe genau Bescheid wusste.

Jetzt mussten die Freunde herzlich lachen.

„Oder hattest du vielleicht zu viel Alkohol intus?", setzte der Professor noch einen drauf.

„Jetzt ist es aber genug", erwiderte Gabriel, *„komm lieber deinem hippokratischen Eid nach und flick mich wieder zusammen."*

„Dann wollen wir uns die Sache einmal ansehen", sagte der Professor und schickte Gabriel zum Röntgen.

Wenig später stand die Diagnose fest: Trümmerbruch von Radius und Ulnar.

„Du hast einen Unterarmbruch, mein Freund", erklärte der Professor, *„und den müssen wir operieren."*

„Das geschieht doch unter Narkose?", fragte Gabriel vorsichtig, worauf der Professor antwortete:

„Das wird nicht nötig sein. Ein Beißholz genügt völlig."

Ein junger Assistenzarzt, der gerade anwesend war, starrte den Professor voller Entsetzen an, während eine Schwester sich über die Äußerung köstlich amüsierte. Der Professor wandte sich an den jungen Arzt und sagte:

„Diesem Mann fehlt ganz eindeutig das Heldengen. Finden Sie nicht auch, Herr Kollege?"

Der Assistenzarzt gab sich unvermindert seinem Erstaunen und einer völligen Hilflosigkeit hin und nickte ganz einfach.

*****

Die Operation war gut verlaufen. Viktoria besuchte ihren Vater und brachte statt Blumen Vorwürfe mit. Es zeigte sich einmal mehr, dass sie ganz nach ihrer Mutter kam. Viel Hirn und wenig Herz. Was für eine Mischung...

„Was hast du jetzt schon wieder angestellt?"

Mit dieser Frage begrüßte Viktoria ihren Vater, wobei die Betonung auf „schon wieder" lag, als würde Gabriel in einer gewissen Regelmäßigkeit aus der Norm für normale Erwachsene ausbrechen.

„Wie sich die Bilder gleichen", schoss es Gabriel durch den Kopf. An Viktorias Stelle hätte genauso auch ihre Mutter das Fußende des Bettes zieren können.

Es war quasi ein geflügeltes Wort, welches Gabriel über sich ergehen lassen musste, wenn die gnädige Frau sich über Vorkommnisse mokierte, die bevorzugt mit dem Fräulein Tochter in Verbindung zu bringen waren.

Meistens ging es dabei um unerfüllte Wünsche oder Verbote, welche die Frucht von Gabriels Lenden dazu gebracht hatten, sich tränenreich bei ihrer Mutter zu beschweren.

„Der Papschi[1] lässt mich nicht…", *„der Papschi gibt mir kein Geld…"* und Ähnliches mehr waren Beispiele für unerfüllten Kinderwunsch.

Später wurde aus „Papschi" ganz einfach „Gabriel". Aber die Probleme waren im Grunde dieselben, nur vielleicht in einer anderen, größeren Dimension.

„Ich wünsche dir auch einen wunderschönen, guten Tag", erwiderte Gabriel, *„und danke, ja, es geht mir den Umständen entsprechend gut."*

„Wie lange wirst du ausfallen?"

Die Sorge von Viktoria um das Wohl ihres Vaters hätte durchaus rührend erscheinen können, wäre sie es auch gewesen.

Hingegen ging die Frage vielmehr um die Mehrarbeit, welche durch Gabriels Ausfall auf Viktoria zukommen würde.

---

[1] *Österr. für Papa*

„Ich weiß es nicht, mein Kind", antwortete Gabriel, *„aber es freut mich, dass du dich so um mich sorgst."*

Viktorias Blick drückte all die Verachtung aus, die sie für ihren Vater empfand. Als Scheidungskind fühlte sie sich weder zu ihrer Mutter noch zu ihrem Vater hingezogen.

Als die Familie noch intakt war, vorausgesetzt, sie ist es je gewesen, widmete Gabriel seine Zeit der Kanzlei und Viktorias Mutter verbrachte jede freie Minute auf dem Tennisplatz oder beim Golfen.

„Ich werde mit Waldi reden", sagte Viktoria und verließ den Raum.

Gabriel sah ihr nach und es tat ihm weh. Als Viktoria geboren wurde, war er ganz vernarrt in das Kind. Ihre Entwicklung und Wesensveränderung war ihm entgangen, weil er viel zu wenig zu Hause war.

Und dass Birte ein Wesen war, dem das Muttergen völlig fehlte, war ihm nie aufgefallen. Ebenso wenig, dass Gabriel für Birte damals nur ein Sprungbrett war, von dem man in den Pool der High Society springen konnte.

Die Kanzlei von Gabriel warf genügend ab, um Birtes ausschweifenden Lebensstil finanzieren zu können.

Dass sie mit Viktoria schwanger wurde, verbuchte Birte als dummen Fehler. Aber zum Glück gab es eine

Kinderfrau, die Birtes Freizeitgestaltung unvermindert weiterleben ließ.

Ihre Kontakte mit einer Welt, die Gabriel völlig fremd war, brachten ihm Klienten ein, an die er sonst nie gekommen wäre.

Also arrangierte man sich. Die Familie wurde in drei Bereiche aufgesplittet: Birte brachte Klienten und genoss ihre Freizeit, Gabriel hatte genügend Arbeit und brauchte keine Freizeit, und Viktoria zog aus beidem ihren Nutzen.

Viktoria machte Party ohne Ende, schloss Freundschaft mit Alkohol und anderen Rauschmitteln, und alle waren scheinbar zufrieden mit diesem Arrangement.

Eine Zeit lang schien das auch recht gut zu funktionieren, abgesehen davon, dass die Familie immer mehr zerbrach.

Erstaunlicherweise machte Viktoria ihren Abschluss als Betriebswirtin und stieg in die Kanzlei ihres Vaters mit ein.

Warum sie irgendwann die Kurve gekriegt hatte, war ein Mysterium und würde es für alle Ewigkeit auch bleiben.

Gabriel vermutete ja, dass es an seinen weitervererbten Genen liegen könnte. Aber wie gesagt, es ist nur eine Vermutung.

Gabriel hatte gehofft, Viktoria würde noch einmal zurückkommen, aber stattdessen kam der Professor zu ihm.

„Vicky war bei mir", sagte er, *„sie hat sich nach dir erkundigt."*

„So nennst du das?", erwiderte Gabriel lächelnd, *„wickelt sie dich noch immer um den Finger?"*

Jetzt lächelte auch Waldemar. Er war der Patenonkel von Viktoria und er mochte die junge Frau.

„Sei nicht so streng, alter Brummbär", erwiderte Waldemar, *„sie hat es auch nicht leicht. Und das weißt du auch."*

„Und?", sagte Gabriel, *„hast du mit ihr darüber gesprochen, wie sie ihren alten Vater die nächste Zeit pflegen soll?"*

„Du Scherzbold", antwortete Waldemar, *„das ginge keine zwei Wochen gut und ihr hättet euch schon an der Gurgel."*

„Da könntest du recht haben", erwiderte Gabriel, *„leider..."*

„Mach dir keinen Kopf, mein Lieber", sagte Waldemar, *„ich habe da schon eine Lösung für dich parat."*

*****

Jumana Abbas war mit ihrer Tochter Djamila den Kriegswirren in Syrien entflohen und nach Österreich gekommen.

Karim Abbas, Jumanas Ehemann, arbeitete damals als Arzt in einem Spital, bevor er von Rebellen entführt wurde.

Djamila war Krankenschwester im selben Spital, wollte aber nach der Entführung ihres Vaters nicht mehr dort weiterarbeiten. Die Erinnerungen schmerzten sie zu sehr.

Das war vor drei Jahren. Inzwischen arbeitete sie in der Universitätsklinik bei Professor Fromm, der sich rührend um Jumana und Djamila angenommen hatte. Er hatte den beiden Frauen damals auch eine Wohnung besorgt.

Die Fromms verbrachten privat sehr viel Zeit mit den beiden Frauen, um ihnen die Eingewöhnung in ihre neue Heimat etwas zu erleichtern.

Jumana, eine ausgezeichnete Köchin, dankte es ihren Gönnern, indem sie ihnen die syrische Küche mit all ihren Köstlichkeiten nahebrachte.

Das brachte anfangs ein großes Problem mit sich. In der arabischen Welt wird nicht mit Messer und Gabel gegessen. Brotstücke ersetzen das Besteck. Das Brot wird mitgegessen und darf nicht ein zweites Mal in die Speise getaucht werden.

Und sehr wichtig ist es, nicht die linke Hand zum Essen verwenden. Sie gilt im islamischen Raum als unrein.

Das Aufeinandertreffen zweier völlig verschiedener Kulturen bedurfte einer äußerst feinfühligen Herangehensweise. Ein Kompromiss musste gefunden werden.

Und so entschied man, im Hause Fromm mit Messer und Gabel zu speisen, und bei den Abbas' sich den Gebräuchlichkeiten des Islam anzunähern.

Für Waldemar und Elvira Fromm stellte dies die weitaus größere Herausforderung dar, der man sich jedoch tapfer stellte. Und so wurde jedes gemeinsame Essen zu einer äußerst unterhaltsamen Angelegenheit.

Sprachlich einigte man sich anfangs auf Englisch, welches auf beiden Seiten in genügendem Ausmaß zur Verwendung stand.

Während Djamila sich schon bald auf Deutsch problemlos verständigen konnte, bereitete dies ihrer Mutter doch beträchtliche Schwierigkeiten.

Wenn sie wieder einmal nicht weiterwusste, griff sie einfach auf Englisch zurück, eine Sprache, in der sie zu Hause war.

*****

„Ich möchte dir jemand vorstellen."

Mit diesen Worten betrat Professor Waldemar Fromm, zusammen mit einer jungen, hübschen Frau, das Krankenzimmer von Gabriel Baumann.

„Das ist Frau Djamila Abbas, eine äußerst liebe und kompetente Krankenschwester. Sie wird dich bis zu deiner Entlassung und darüber hinaus betreuen."

Gabriel sah seinen Freund erstaunt an.

„Wie meinst du das?", fragte er, wobei sein Blick zu Djamila wanderte.

„Genauso, wie ich es gesagt habe, mein Freund", antwortete der Professor, *„oder gefällt dir unsere liebe Schwester Djamila nicht?"*

Gabriel fühlte eine aufkommende Verlegenheit und er war froh, als ihn Waldemar daraus erlöste, indem er zu Djamila sagte:

„Dieser alte Zausel ist mein bester Freund Gabriel Baumann."

„Ich freue mich sehr, Sie kennenzulernen, Herr Baumann."

Djamila war an das Bett herangetreten und streckte Gabriel die Hand entgegen. Gabriel ergriff sie und antwortete:

„Die Freude ist ganz bei mir, Frau Abat."

„*Abbas*", korrigierte Djamila Gabriel, „*aber bitte, nennen Sie mich einfach Djamila.*"

„*Sehr gern*", erwiderte Gabriel, und als Waldemars Erwartung nicht erfüllt wurde, sagte er kurzerhand zu Djamila:

„*Ich bin mir sicher, mein Freund wünscht sich, dass du ihn Gabriel nennst*", und zu Gabriel mit einem breiten Grinsen gewandt:

„*Habe ich recht, alter Freund?*"

„*Aber ja doch*", erwiderte Gabriel umgehend, nicht jedoch, ohne Waldemar mit einem strafenden Blick zu belegen.

Es ging ihm dabei nicht darum, dass Djamila ihn beim Vornamen nennen sollte, sondern dass Waldemar ihn einmal mehr vorgeführt hatte.

Das war schon zu Studienzeiten so. Gabriel, ein Paradebeispiel für gelebte Schüchternheit, war für Waldemar, den exaltierten Freigeist ein willfähriges Opfer.

Am Anfang hatte sich Gabriel noch dagegen gewehrt, aber irgendwann hat er seinen Widerstand aufgegeben, weil es ihm egal geworden war.

Nur in dieser Situation war es ihm nicht egal.

„*Würdest du mir jetzt freundlicherweise erklären, was du vorhin mit dieser Betreuung konkret gemeint hast?"*, sagte Gabriel, und der Ernst in seiner Stimme veranlasste Waldemar einen Gang zurückzuschalten.

"Natürlich, mein Lieber", sagte Waldemar, *"ein paar Tage wirst du uns ja noch erhalten bleiben. Die Frage ist doch nur, was geschieht danach?*

Es wird noch eine ganze Weile dauern, bis du deine Hand wieder voll einsetzen kannst. Das bedeutet, du brauchst Hilfe.

Und mein Patenkind wird wohl kaum ihren lieben Papa hegen und pflegen. Oder siehst du das anders?"

"Natürlich nicht", antwortete Gabriel heftig, *"sie kann ja nicht. Sie muss sich schließlich um die Kanzlei kümmern. Oder siehst du das anders?"*

Die beiden Kontrahenten hatten Aufstellung genommen.

Djamila fühlte sich zusehends unwohl in ihrer Haut, denn sie konnte nicht nachvollziehen, was da gerade geschah.

"Sie brauchen mich jetzt ja nicht mehr", sagte sie und bevor der Professor darauf reagieren konnte, schlüpfte sie schnell bei der Tür hinaus.

"Na bravo!", sagte Gabriel, *"du hast es wieder einmal geschafft. Du bist und bleibst ein solcher Hornochse."*

Waldemar schluckte den Kraftausdruck hinunter. Das hatte er ganz bestimmt nicht gewollt.

„Es tut mir leid, Gabriel", sagte er kleinlaut, *„und ich nehme die Strafe an."*

„Was für eine Strafe?", fragte Gabriel ungläubig.

„Dass ich weiter dein Freund bleiben muss", antwortete Waldemar und machte ein Gesicht dabei, als wäre er der unglücklichste Mensch auf der Welt.

Es dauerte nur einen kurzen Moment, bis die beiden Freunde in ein schallendes Gelächter ausbrachen.

Djamila stand noch immer vor der Tür und hörte die beiden. Sie lächelte.

Sie musste daran denken, dass sie in ein paar Tagen ein fester Bestandteil im Leben des Gabriel Baumann sein würde, und ein wenig fürchtete sie sich davor.

Als der Professor sie fragte, ja vielmehr darum bat, ob sie die Betreuung für einen lieben Freund übernehmen wollte, zögerte sie keinen Augenblick.

Sie und ihre Mutter hatten dem Professor so viel zu verdanken, dass sie seine Bitte niemals abgeschlagen hätte ...

*****

Der Tag der Entlassung war gekommen, der Patient Gabriel Baumann durfte nach Hause.

Es hatte mehrerer Gespräche bedurft, bis Gabriel dem Vorschlag des Professors, dass Djamila ihn zu Hause unterstützen solle, seine Zustimmung gab.

Geplant war, dass Djamila von 08:00 am Morgen bis 18:00 Uhr am Abend sich um Gabriel bemühen solle.

Das beinhaltete die Zubereitung der Mahlzeiten und ggf. die Hilfe bei der Körperpflege und beim An- und Auskleiden. So weit die Theorie.

Der Professor hegte jedoch berechtigte Zweifel daran, dass Gabriel diesem geplanten Prozedere vorbehaltlos seine Zustimmung erteilen würde. Denn dazu kannte er seinen Freund viel zu gut.

Während der Zeit im Spital und der persönlichen Betreuung durch Schwester Djamila, waren sich Patient und Betreuerin etwas näher gekommen.

Gabriel mochte Djamilas ruhige Art und die Souveränität, mit welcher sie ihren Beruf ausübte. Es war unübersehbar, dass sie auch im Kreis der Ärzteschaft und ihren Kolleginnen und Kollegen hohes Ansehen genoss.

„Dass du mir meine Djamila ja gut behandelst, mein Lieber."

Mit diesen Worten verabschiedete Professor Fromm seinen Freund aus dem Spital.

Djamila half Gabriel beim Einsteigen in ihr kleines Auto, was nicht ohne Schwierigkeiten ablief.

Gabriel trug seinen rechten Arm in einer Schlinge und konnte ihn somit nicht benützen. Und seine Körpergröße von fast ein Meter neunzig machte es auch nicht einfacher.

Als sie beim Haus von Gabriel angekommen waren, konnte Djamila ihre Überraschung kaum verbergen. Ein zweistöckiges Wohnhaus mit Garten und Pool machten mächtig Eindruck.

„Sie haben ein sehr schönes Haus, Herr Gabriel."

„Es freut mich, dass es dir gefällt", antwortete Gabriel.

Nachdem mehrere Versuche gescheitert waren, Djamila dazu zu bewegen, sie möge ihn einfach nur „Gabriel" nennen, hatte sich Gabriel an die Anrede „Herr Gabriel" gewöhnt.

Im Gegenzug ließ Djamila nicht ab davon, dass Gabriel sie duzen solle. Gabriel beugte sich der Hartnäckigkeit, und er empfand sogar ein wenig Vergnügen dabei.

Djamila parkte ihr Auto, half Gabriel beim Aussteigen und trug seine Tasche und ihren kleinen Koffer ins Haus.

Gabriel führte Djamila durch das Haus und zeigte ihr ein Zimmer, das er eigens für sie herrichten ließ. Er hatte Viktoria damit beauftragt, die seinem Wunsch mit Freude nachkam, bedeutete es doch, dass sie somit „außer Obligo" war, was die häusliche Pflege anbetraf.

„Das ist dein Zimmer", sagte Gabriel, „dorthin kannst du dich zurückziehen, wenn du meiner überdrüssig wirst. "

Djamila lächelte. Sie sah sich um und war überrascht, was sie alles entdeckte: Bett, Tisch, Sessel, TV, Notebook, Stereoanlage und sogar ein kleiner Kleiderschrank.

„Das ist ja wie im Märchen", sagte sie und ihre Wangen begannen zu glühen. „Das wäre aber nicht nötig gewesen, Herr Gabriel. Und ich werde ihrer ganz sicher nicht überdrüssig. "

„Na, warten wir es ab", erwiderte Gabriel, „jetzt richtest du dich erst einmal ein und dann müssen wir ein paar Dinge klären. Ich sehe dich später unten im Wohnzimmer. "

Gabriel verließ das Zimmer und ging hinunter. Als er den Blumenstrauß entdeckte und das beiliegende Kuvert öffnete, empfand er Bewunderung für seine Tochter.

Sie hieß ihn darin zu Hause Willkommen und bat ihre Unterstützung an, sofern diese nötig sein sollte.

Gabriel fragte sich, was seine Tochter bewogen haben könnte, sich ihm von einer Seite zu zeigen, die sie bisher gekonnt verborgen gehalten hatte.

Auch das liebevoll hergerichtet Zimmer für Djamila löste ein großes Fragezeichen bei ihm aus…

*****

Bisher hatte Gabriel brav mitgespielt; aber jetzt war es an der Zeit, die Reißleine zu ziehen. Er hatte sich vorgenommen, mit Djamila ein diesbezügliches Gespräch zu führen.

„Liebe Djamila, ich möchte mit dir etwas besprechen. Es geht um deine Tätigkeit als meine Betreuerin.

Ich bin sehr froh darüber, dass du dich dafür zur Verfügung stellst. Und ich bin meinem alten Freund Waldemar auch sehr dankbar, dass er das in die Wege geleitet hat.

Aber der Modus Operandi, wie ihn der Professor vorgesehen hat, ist nicht nach meinem Geschmack."

„Was bedeutet das, Modus Operandi?", unterbrach Djamila, die den Ausdruck zum ersten Mal gehört hatte.

„Das heißt, die Art und Weise der Durchführung von Waldemars Schlachtplan", erwiderte Gabriel, und der erstaunte Gesichtsausdruck von Djamila zeigte

24

ihm, dass er gerade wenig Geschicklichkeit in Bezug auf seine Wortwahl erkennen ließ.

„Also, wie wir beiden das anstellen mit der Betreuung", bemühte sich Gabriel um Schadensbegrenzung.

Djamila starrte Gabriel unvermindert weiter an, in der Hoffnung, Klarheit zu erlangen.

„Es ist so", begann Gabriel, *„ich frühstücke generell nicht. Höchstens einen Espresso aus der Maschine.*

Und Mittagessen lasse ich mir von einem Lieferservice bringen.

Was das Abendessen angeht, so brauche ich das auch nicht."

Gabriel hatte sich zwischen diesen bemerkenswerten Sätzen genügend Zeit gelassen, um sie wirken lassen zu können.

Als Djamila nicht darauf reagierte, fuhr er fort.

„Wenn wir das nun zusammenfassen, dann kommen wir zu folgendem Ergebnis:

„Du kommst am Morgen, sagen wir gegen 08:00 Uhr und machst mir einen Kaffee.

Ich glaube nicht, dass ich das mit einer Hand kann.

Aber das war es auch schon. Aufstehen und zu Bett gehen kann ich auch alleine."

Und wieder hatte Gabriel die einzelnen Sätze einwirken lassen. Er sah erwartungsvoll in Djamilas Gesicht und erkannte Enttäuschung darin.

"Das muss der Herr Professor auch gar nicht erfahren", fügte Gabriel noch schnell hinzu und ergänzte mit einem feinen Lächeln:

"Das ist unser beider Geheimnis. Einverstanden?"

Gabriel war überrascht, als er sah, wie Djamila zu weinen begann. Sie stand auf und ging hinauf auf ihr Zimmer. Kurz darauf kam sie wieder herunter mit ihrer Tasche und verließ wortlos das Haus.

Gabriel wurde blass. Es wurde ihm augenblicklich bewusst, dass er gerade einen Riesenfehler gemacht hatte.

Er wollte Djamila nachlaufen, aber sie war schon in ihr Auto gestiegen und davongefahren.

*****

"Du bist der dümmste Mensch unter der Sonne, der mir je begegnet ist."

Es hatte keine Stunde gedauert und Waldemar stand vor der Tür.

„Ist Skrupellosigkeit und mangelndes Taktgefühl Voraussetzung, um Anwalt werden zu können?"

Waldemar zog alle Register, und Gabriel ließ den Freund gewähren.

„Dieses Mädel hat sich spontan dazu bereit erklärt, dich zu betreuen, als ich sie darum gebeten habe. Sie hat sich sogar darüber gefreut, mir diesen Gefallen erweisen zu können. Und was machst du? Du brüskierst sie. Du stößt sie einfach von dir. Was bist du nur für ein Mensch?"

Gabriel traute seinen Ohren nicht. So hatte er Waldemar noch nie erlebt, und das, obwohl sie sich seit heiligen Zeiten kannten und befreundet waren.

„Darf ich jetzt auch einmal?", fragte Gabriel zaghaft.

Waldemar stand noch immer wutentbrannt im Eingang des Hauses und belegte Gabriel mit seinem zürnenden Blick.

„Würdest du bitte hereinkommen und dich setzen. Und darf ich dir einen Schluck zur Beruhigung anbieten?", sagte Gabriel weiter.

Waldemar ging an Gabriel vorüber, wobei er den lädierten Arm von Gabriel unsanft streifte.

Gabriel unterdrückte einen Schmerzensschrei, um seinen Freund nicht unnötig zu provozieren.

„*Whisky*", sagte Waldemar und setzte sich nieder. „*Aber einen alten.*"

„*Für meinen lieben Freund nur das Beste*", erwiderte Gabriel und brachte das Gewünschte. Er gab die Flasche seinem Freund, der sich und Gabriel einschenkte.

Waldemar nahm einen kräftigen Schluck und sagte dann:

„*Es tut mir leid, alter Freund. Ich war vielleicht etwas zu heftig.*"

„*Ist schon gut*", erwiderte Gabriel, „*du hast ja recht. Mir tut es leid…*"

„*Dann erklär mir doch bitte, was dich geritten hat, dass du Djamila so beleidigt hast.*"

Gabriel vermochte in seinem Verhalten Djamila gegenüber beileibe keine Beleidigung zu erkennen, unterließ es aber tunlichst, sich dahingehend zu äußern.

Er berichtete seinem Freund vielmehr die Beweggründe seiner schändlichen Tat.

„*Djamila ist eine wunderbare, junge, sympathische Frau*", begann Gabriel, der jedoch sofort von Waldemar unterbrochen wurde.

„*Weißt du überhaupt, was der Name Djamila bedeutet?*"

„*Nein*", antwortete Gabriel wahrheitsgemäß, „*natürlich nicht.*"

„*Dann will ich es dir sagen*", erwiderte Waldemar, „*Djamila bedeutet <die Hübsche>.*"

„*Kann ich jetzt weitermachen?*", sagte Gabriel und Waldemar nickte.

„*Also, wie ich schon sagte, ist Djamila eine junge Frau und ich bin ein alter Sack.*"

Als Waldemar sich anschickte, sich zu Wort zu melden, hielt ihn Gabriel mit einer Handbewegung davon ab.

„*Kannst du dir vorstellen, was für ein Gefühl das für mich wäre, wenn mir besagtes Wesen in meine Hose hineinhelfen würde?*

Oder vielleicht auch noch beim Toilettengang zur Hand ginge?"

Gabriel sah Waldemar erwartungsvoll an, aber der sagte nichts. Stattdessen setzte er sich ein Grinsen auf, welches die höchste Stufe der Provokation darstellte.

„*Würdest du uns noch einen Whisky einschenken?*", sagte Waldemar dann, und Gabriel erkannte sofort, worauf sein Freund hinauswollte. Es war ein Test.

„*Aber gern, lieber Waldemar*", antwortete Gabriel, klemmte sich die Flasche unter die Achsel des lädierten Arms und schraubte mit der gesunden Hand den Verschluss auf.

So zumindest war Gabriels Plan. Nur leider ging er so wenig auf wie der Verschluss der Flache.

Waldemar hatte die Flasche zuvor kräftig verschlossen, sodass die Bemühungen von Gabriel ins Leere liefen.

Die beiden Männer sahen einander an.

„Bravo", sagte Gabriel, *„ist es das, was du wolltest? Eine Demonstration der Schwäche? Meines Unvermögens?"*

„Sei nicht albern, Gabriel", erwiderte Waldemar.

„Ich habe es verstanden", sagte Gabriel und reichte die Flache an seinen Freund.

Waldemar öffnete die Flasche und goss ein. Dann hielt er sein Glas Gabriel entgegen.

„Auf die Einsicht, auf Djamila und auf unsere Freundschaft, wenn es recht ist."

„Hab ich denn eine Wahl?", erwiderte Gabriel lächelnd, und Waldemar antwortete:

„Nein, hast du nicht."

*****

Djamila war noch am selben Abend wieder zurückgekehrt. Sie hatte für Gabriel Essen mitgebracht.

„Das heißt <Dawud Pasha>. Das sind Hackbällchen in Tomatensauce, eine Spezialität aus meiner Heimat. "

Mit diesen Worten stellt sie das Gericht auf den Tisch, das sie zuvor in der Küche erwärmt hatte.

„Das können Sie problemlos mit einem Löffel essen. Sie können auch Brot dazu nehmen. "

Waldemar verkniff sich den Einwand, er wolle abends keine Mahlzeit zu sich nehmen, um Djamila nicht erneut zu kränken, wohl aber auch deswegen, weil der köstliche Duft, der seine Nase umwehte, äußerst verführerisch war.

„Das schmeckt ja wunderbar", sagte Waldemar nach den ersten Bissen, *„hast du das selbst gekocht? "*

„Nein, nein", erwiderte Djamila, *„das hat meine Mutter gemacht. Ich kann nicht so gut kochen wie sie. "*

„Dann richte deiner Mutter doch liebe Grüße aus, und ich bedanke mich recht herzlich für das gute Essen. "

„Das mache ich gern", erwiderte Djamila, *„und ab morgen bringe ich dann auch das Mittagessen mit. "*

„*Das geht doch nicht*", opponierte Gabriel vorsichtig, „*deine Mutter kann doch nicht für mich kochen.*"

„*Und warum nicht?*", fragte Djamila mit hochgezogenen Augenbrauen.

Gabriel fühlte sich äußerst unbehaglich in seiner Haut. Er wollte Djamila nicht schon wieder vor den Kopf stoßen und was Waldemar sagen würde, wollte Gabriel sich erst gar nicht vorstellen.

Djamila wartete noch immer auf Gabriels Antwort.

„*Du bist ein sturer alter Mann, dem nicht zu helfen ist. Am besten, ich packe meine Sachen und verschwinde.*"

„*Nicht schon wieder*", dachte Gabriel, dem erst jetzt bewusst geworden war, dass Djamila ihn geduzt hatte.

Djamilas Augen waren starr vor Schreck.

„*Was habe ich nur getan?*", stieß sie heftig hervor, „*bitte verzeihen Sie mir, Herr Gabriel.*"

„*Nicht doch, Djamila*", erwiderte Gabriel. Er hatte die völlig verzweifelte junge Frau mit seiner linken Hand an der Schulter gepackt und sah ihr fest in die Augen.

„*Es ist alles gut, mein Kind, und ich bin froh, dass du das getan hast.*"

Ich mache dir jetzt einen Vorschlag und du entscheidest, ob du ihn annimmst oder nicht. Einverstanden?"

Djamila war verwirrt. Sie sah Gabriel ängstlich an. Dass Gabriel sie „mein Kind" genannt hatte, erinnerte sie für einen kurzen Augenblick an ihren Vater, und sie begann zu weinen.

„*Nicht doch*", sagte Gabriel, „*du musst nicht weinen. Ich verspreche dir, es wird alles gut.*"

„*Sie haben mich gerade an meinen Vater erinnert*", erwiderte Djamila, „*er nannte mich auch manchmal <mein Mädchen>.*"

„*Du hast ihn wohl sehr gern gehabt*", sagte Gabriel.

„*Ja, sehr*", erwiderte Djamila, „*er fehlt mir. Er fehlt mir jeden langen Tag.*"

Gabriel hätte die junge Frau am liebsten in den Arm genommen, beließ es aber bei einem zarten Streichen über ihre Wange.

„*Ich werde dir jetzt den Vorschlag machen. Du wirst mich ab sofort duzen und ich werde brav alles essen, was du mir vorsetzt. Morgens, mittags und abends.*

Und du fragst deine Mutter, ob sie Lust hat, bei uns zu kochen. Ich werde ihr das natürlich auch bezahlen.

Und beim Ankleiden und Ausziehen wirst du mir behilflich sein. Mit einer ordentlichen Portion Alkohol werde ich das schon irgendwie schaffen.

Was hältst du davon?"

Djamila fühlte sich völlig überrumpelt.

"Ich kann doch nicht einfach DU zu Ihnen sagen, Herr Gabriel."

In Djamilas Antwort lag all ihre Hilflosigkeit, die sie fest umklammert hielt.

"Natürlich kannst du es", antwortete Gabriel, *"du hast es doch gerade getan."*

"Ja, schon", erwiderte Djamila, *"aber..."*

"Nichts, aber", fuhr Gabriel dazwischen, *"oder ist es wegen deiner Mutter?"*

"Wieso wegen meiner Mutter?", fragte Djamila, deren Hilflosigkeit sich gerade potenzierte.

"Nun ja, vielleicht weil es nicht zumutbar für sie ist, für einen fremden Menschen zu kochen."

"Das ist es nicht", widersprach Djamila, *"ganz im Gegenteil. Sie würde sich sogar darüber freuen."*

Jetzt zeigte sich Gabriel überrascht.

„Heißt das, du und deine Mutter habt schon darüber gesprochen?"

Djamila errötete. Ein leichtes Kopfnicken war ihre Antwort.

„Ja, dann ist ja alles klar. Wir machen das so. Es gibt noch ein zweites Gästezimmer, das wir für deine Mutter herrichten können.

Ich werde gleich Frau Tremmel anrufen, dass sie vorbeikommt, und das Zimmer sauber macht."

„Wer ist Frau Tremmel?", fragte Djamila.

„Das ist die Frau, die bei mir einmal in der Woche sauber macht, seitdem meine liebe Gattin ausgezogen ist."

Djamila überlegt kurz und sagte dann:

„Könnte das nicht Ihre Tochter machen?"

Gabriels Antwort darauf war ein lautes Lachen.

„Das ist der beste Witz, den ich seit Langem gehört habe. Viktoria und bei ihrem alten Herrn putzen..."

Djamila verstand gerade nicht, warum Gabriel so reagiert hatte. Sie schaute Gabriel verständnislos an.

Gabriel erkannte, dass er schon wieder in ein Fettnäpfchen getreten war.

„Ach Kind", sagte er, *„man merkt, dass du aus einer anderen Welt stammst. Entschuldige bitte mein Verhalten. Aber das Verhältnis zwischen Eltern und Kindern in meiner Welt ist nicht mehr so, wie es früher einmal war.*

Eltern sind heutzutage wie Tankstellen, bei denen man gelegentlich vorbeischaut, wenn der Sprit knapp geworden ist…"

Djamila bemühte sich, den Sinn von Gabriels Worten zu verstehen, es gelang ihr aber nicht.

„Ich schlage vor, du bringst morgen deine Mutter mit, damit wir uns kennenlernen können. Alles Weitere besprechen wir dann.

Ich bin müde und möchte jetzt zu Bett gehen. Aber zuvor brauche ich noch einen großen Whisky, um mir Mut anzutrinken…"

*****

Gabriel war noch lange wach gelegen, nachdem Djamila gegangen war.

Sie war ihm ins Bad gefolgt, hatte ihn bis auf die Unterwäsche entkleidet und die Zahnbürste hergerichtet. Als sie jedoch Gabriel die Zähne putzen wollte, streikte er.

„Das kann ich schon alleine", sagte Gabriel und Djamila ließ ihn gewähren. Gabriel musste sehr schnell erkennen, dass das Zähneputzen für einen Rechtshänder mit der linken Hand beträchtliche Probleme mit sich brachte.

Dennoch war der Gedanke, dass ihm jemand anderes die Zähne putzt, unerträglich für ihn. Kindheitserinnerungen hatten sich vor ihm aufgetan und dieses Bild missfiel ihm gewaltig.

Nach dem Zähneputzen stand das völlige Entkleiden an. Als die Unterhose das letzte Hindernis vor der völligen Nacktheit war, trat kalter Schweiß auf Gabriels Stirn.

Djamila, welcher das Entkleiden eines Menschen – egal ob Männlein oder Weiblein – Teil ihres täglichen Arbeitslebens war, stellte sich hinter Gabriel und zog mit einem energischen Ruck das letzte Kleidungsstück herunter.

Gabriel stieg heraus und hielt danach mit der linken Hand seine Männlichkeit bedeckt. Die Angst, seine Hand könnte einer plötzlichen Vergrößerung nicht gerecht werden, stellte sich Gott sei Dank als unbegründet heraus.

Selbst als Djamila vor ihn trat und ihm die Pyjamahose entgegenhielt, damit er in selbige hineinsteigen konnte, löste kein Unheil aus.

Jetzt noch das Oberteil überstreifen und ab ins Bett.

Gabriel sah in Djamilas Gesicht, und so sehr er sich auch bemühte, er konnte nichts darin erkennen, was ihn veranlasst hätte, Peinlichkeit zu empfinden.

„Ich danke dir sehr, Djamila", sagte Gabriel, *„du bist etwas ganz Besonderes."*

Djamila überging Gabriels Bemerkung und sagte stattdessen:

„Ich wünsche dir eine gute Nacht. Und morgen früh sehen wir uns wieder."

„Das wünsche ich dir auch", erwiderte Gabriel, *„und grüße bitte deine Mutter. Ich freue mich schon sehr darauf, sie demnächst kennenzulernen."*

Djamila war gegangen. Gabriel hielt sie immer noch mit seinen Gedanken fest. Ein wohliges Gefühl ergriff ihn. Ein Gefühl, das er nur schwer beschreiben konnte, vielleicht deshalb, weil es viel zu lange her war, dass er so gefühlt hatte.

*****

„Das ist meine Mutter, Jumana Abbas."

Djamila war mit Gabriel die Treppe heruntergekommen, nachdem sie ihn nach dem Duschen abgetrocknet und angekleidet hatte.

„Guten Tag, Frau Abbas. Ich freue mich sehr, Sie kennenzulernen."

„Das ist sehr freundlich von Ihnen, Herr Baumann", erwiderte Djamilas Mutter, *„bitte, nennen Sie mich Jumana."*

„Sehr gern, Jumana", sagte Gabriel, *„dann nennen Sie mich aber auch <Gabriel>."*

Gabriel sah sich Djamilas Mutter genauer an. Eine große, schlanke, sehr gepflegte Frau mit einem offenen Blick aus dunklen Augen, die ihn unvermindert anstrahlten.

Eine leichte Verunsicherung beschlich Gabriel, und er fragte sich, ob es denn richtig wäre, dass dieses zauberhafte Wesen für ihn kochen sollte.

„Und sie wollen sich das wirklich antun?"

Diese Worte hatten vollkommen unkontrolliert Gabriels Mund verlassen, und er war nicht weniger erstaunt darüber als Jumana, die ihn ungläubig ansah und fragte:

„Was meinen Sie damit?"

„Nun, das mit dem Kochen für einen alten, gebrechlichen Mann", antwortete Gabriel, was eher einem unbeholfenen Stottern glich als einer klaren Antwort.

In Gabriels Ohren rauschte es. Er kam sich vor wie ein Ertrinkender, der wild um sich schlägt und seine Lage dadurch immer mehr verschlechtert.

„Ich weiß nicht, wen Sie damit meinen", erwiderte Jumana lächelnd, *„ich sehe keinen alten, gebrechlichen Mann. Ich sehe einen Mann in den besten Jahren, der leicht gehandicapt ist und echte Chancen auf vollkommene Wiederherstellung hat."*

Das Rauschen in Gabriels Ohren ebbte ab. Dafür veränderte sich seine Gesichtsfarbe.

„Kann ich meiner Mutter das Zimmer zeigen, welches Sie für sie vorbereitet haben?"

Gabriel war dankbar, dass Djamila ihn aus seiner verzwickten Lage befreit hatte, und stimmte freudig zu. Er wunderte sich, dass Djamila ihn gesiezt hatte.

Den Grund dafür sollte er später erfahren.

„Meine Mutter hätte kein Verständnis dafür, wenn ich dich in ihrem Beisein duzte. Sie würde das als eine Respektlosigkeit dir gegenüber betrachten. Bitte, hab Verständnis dafür", so Djamilas Erklärung.

„Das Zimmer ist wunderschön", sagte Jumana, als sie mit Djamila wieder herunterkam, *„aber jetzt möchte ich die Küche sehen, wenn Sie es erlauben."*

*****

40

Es war eine illustre Gesellschaft, die sich am Abend eingefunden hatte. Gabriel hatte den Professor und Viktoria zu einer kleinen Feier eingeladen und beide hatten zugesagt.

Ursprünglich hatte Gabriel geplant, einen Lieferservice damit zu beauftragen, ein Essen für fünf Personen zu bringen, was jedoch auf heftigen Widerstand von Jumana stieß. Sie bestand darauf, ein typisch syrisches Abendessen zu kredenzen.

Dafür hatte sie allerlei Geschirr mitgebracht und diverse Speisen.

*****

Abendessen für liebe Gäste:

Diverse Mezze (Vorspeisen)

Fattusch – *Salatgericht mit geröstetem Fladenbrot. Der Brotsalat besteht aus Minze, Petersilie, Eissalatblättern, Tomaten, Gurke und gewürfeltem Fladenbrot. Er wird mit Granatäpfel-Melasse zubereitet.*

Hummus – *ein cremiges Mus aus fein pürierten Kichererbsen und Tahin (Sesampaste).*

Tabbouleh – *der Salat besteht aus glatter Petersilie und feinem Bulgur (oder Couscous), Tomaten, Frühlingszwiebeln, Olivenöl, Wasser, Zitronensaft, Pfefferminze, Salz und Pfeffer.*

Hauptmahlzeit

Mashawi – *gegrilltes Fleisch vom Huhn und Rind, dazu frische Zwiebeln, Petersilie, gegrillte Tomaten.*

Dawud Pasha – *Hackbällchen in Tomatensauce, gefüllte Zucchini, Auberginen und in Tomatensauce gekochte Okraschoten (Malvengewächse).*

Süßspeisen

Baklava – *ein in Honig oder Zuckersirup eingelegtes Gebäck aus Blätter- oder Filoteig, gefüllt mit gehackten Walnüssen, Mandeln oder Pistazien.*

Kunufa – *Strudelteig in Fäden gebacken, gefüllt mit Käse oder Nüssen und mit Sirup überzogen.*

Getränke

Ayran – *Getränk aus Joghurt, Wasser und Salz. Außerdem gesüßter Tee, Kaffee und diverse Säfte.*

Arak – *Anisschnaps*

*****

Die in der Mitte des Tisches arrangierten Vorspeisen sahen nicht nur einladend aus, sie verströmten auch einen herrlichen Duft.

Bevor man sich an den Köstlichkeiten labte, wurde Arak als Aperitif getrunken. Während die Herren das hochprozentige Getränk pur genossen, verdünnten die Damen ihn mit Wasser und Eis.

Gabriel ließ es sich nicht nehmen, die kleine Gästeschar willkommen zu heißen.

„Ich möchte euch auf das Herzlichste begrüßen und euch danken, dass ihr meiner Einladung gefolgt seid.

Mein ganz großer Dank gilt zwei ganz besonderen Frauen: Frau Jumana Abbas, die für all die Köstlichkeiten verantwortlich ist, die wir genießen dürfen und ihre Tochter, Frau Djamila Abbas, die mich bestens versorgt und am Abend ins Bettchen bringt."

Viktoria Baumann zuckte leicht zusammen, als sie diese Worte hörte. Sie fühlte augenblicklich eine aufkommende Eifersucht, dessen Grund dafür sie sich selbst nicht erklären konnte.

„Mein großer Dank gilt natürlich auch meinem langjährigen Freund, Professor Fromm, der mich zusammengeflickt hat und für das Arrangement mit der lieben Djamila sorgte.

Aber jetzt lasst uns auf unser aller Wohl anstoßen und das Mahl genießen."

Gabriel erhob sein Glas und prostete den Anwesenden zu. Er fühlte sich rundherum wohl und ihm fiel nicht auf, dass Viktoria mit traurigem Blick zu ihm herübersah.

Die Zeit verging wie im Flug und alle Beteiligten waren sich darüber einig, dass sie einem ungewöhnlichen lukullischen Ereignis beigewohnt hatten.

Gabriel war überrascht, als sich Viktoria unmittelbar nach dem Essen mit den Worten *„Ich habe morgen einen schweren Arbeitstag vor mir"* verabschiedete.

„Dann wünsche ich dir, dass du gut nach Hause kommst", sagte Gabriel und küsste seine Tochter auf die Wange.

Viktoria war enttäuscht, dass ihr Vater noch nicht einmal den Versuch gemacht hatte, sie zum längeren Verbleib aufzufordern.

Es war inzwischen spät geworden. Djamila hatte ihrer Mutter geholfen, den Tisch abzuräumen, und Gabriel hatte sich mit Waldemar auf Whisky und Zigarre zusammengesetzt.

Als sich Jumana verabschiedete, legte Gabriel Djamila nahe, sie möge ihre Mutter begleiten. Das Zubettbringen würde heute der Herr Professor übernehmen.

„Das war ein ganz wunderbarer Abend", sagte Gabriel und zog genüsslich an seiner Zigarre.

Waldemar antwortet nicht. Er sah seinen Freund nur an.

„Was ist los?", fragte Gabriel, *„wieso schaust du mich so an?"*

„Du hast Viki sehr verletzt", antwortete Waldemar, *„und du hast es noch nicht einmal bemerkt."*

„Was?"

Gabriel hatte es förmlich hinausgestoßen.

„Wieso sagst du das?", setzte er nach.

„Weil es so ist", erwiderte Waldemar.

„Das musst du mir erklären", sagte Gabriel schroff.

„Du hast die beiden „Abbas–Frauen" in den Himmel gehoben und mir Rosen gestreut", antwortete Waldemar, *„und für deine Tochter hattest du noch nicht einmal ein einziges Wort übrig."*

Gabriel sah seinen Freund entgeistert an. Es dauerte eine ganze Weile, bis er auf Waldemars Vorwurf einging.

„Entschuldige bitte", sagte er betont langsam, *„die „Abbas–Frauen", wie du sie nennst, und deine Wenigkeit habt sehr viel für mich getan. Und was hat mein Fräulein Tochter für ihren alten Herrn getan?"*

Gabriel sah Waldemar erwartungsvoll an.

Waldemar lächelte und sagte:

„Sehr viel, mein lieber Freund. Was glaubst du, wessen Idee das war, dass Djamila dich betreuen soll? Viki hat sogar angeboten, die Kosten dafür zu übernehmen. Und sie hat sich täglich nach deinem Befinden erkundigt, solange du bei mir im Spital warst."

Gabriel wurde plötzlich sehr ernst.

„Das wusste ich nicht; es tut mir sehr leid", sagte er tonlos, *„ich muss das unbedingt wieder in Ordnung bringen."*

„Mach das, alter Freund", erwiderte Waldemar, *„und jetzt bringe ich dich ins Bett."*

„Das brauchst du nicht", erwiderte Gabriel, *„das schaffe ich schon allein."*

„Bist du sicher?", fragte Waldemar und Gabriel nickte.

„Dann lasse ich dich jetzt allein", sagte Waldemar und verabschiedete sich.

Gabriel griff zum Telefon und wählte Viktorias Nummer.

*****

„Mein Gott, haben Sie die ganze Nacht hier verbracht?"

Als Djamila am nächsten Morgen kam, fand sie Gabriel schlafend auf der Couch vor. Ein intensiver Geruch von Alkohol drang ihr entgegen und auf dem Tisch lag eine leere Whiskyflasche.

„Nicht so laut", sagte Gabriel, *„ich fühle mich nicht besonders."*

„Das werden wir gleich ändern", erwiderte Djamila, *„sie gehen jetzt unter die Dusche und ich mache Frühstück."*

Sie nahm Gabriel bei der Hand und zog ihn hinter sich her. Gabriel folgte Djamila willig wie ein kleines Kind. Sie zog ihn aus, ohne die geringste Gegenwehr.

Dann bugsierte sie ihn in die Dusche und drehte das Wasser auf.

„Wenn Sie fertig sind, dann rufen Sie mich. Haben Sie mich verstanden?"

„Ja", antwortete Gabriel widerwillig, *„und hör endlich mit dem blöden Gesieze auf."*

Gabriel stand sehr lange unter der Dusche. Es schien fast, er wäre wieder eingeschlafen. Djamila trocknete ihn ab und half ihm, sich anzukleiden.

Gabriels Lebensgeister kehrten allmählich zurück. Nach den ersten Bissen des Frühstücks sagte er zu Djamila:

„Ist außer uns noch irgendjemand im Haus?"

„Nein", antwortete Djamila, *„nur Sie und ich."*

„Und warum sagst du ständig SIE zu mir?"

„Weil es besser so ist", antwortete Djamila, *„einmal SIE, dann wieder DU, da komme ich nur durcheinander."*

„Soso", sagte Gabriel, dessen Lebensgeister zu neuem Leben erwacht waren, *„dann wollen wir einmal eines klarstellen. Entweder du sagst wieder DU zu mir oder du kannst gehen."*

„Aber meine Mutter", wendete Djamila ein.

„Das überlasse ruhig mir", sagte Gabriel, *„ich werde mit ihr darüber reden."*

*****

Als Waldemar gegangen war, hatte Gabriel seine Tochter angerufen und um ein Treffen gebeten. Viktoria sagte zu und eine halbe Stunde später stand sie vor seiner Tür.

„Danke, dass du gekommen bist. "

Viktoria war überrascht, als ihr Vater das sagte, aber viel mehr noch, dass er sie dabei umarmte.

„Was ist los mit dir? ", fragte sie und löste sich aus der Umarmung. Sie konnte sich nicht daran erinnern, wann ihr Vater das letzte Mal so etwas getan hatte.

„Du bist betrunken", sagte sie dann, aber Gabriel schien es zu überhören. Die Bemerkung war wohl Ausdruck einer gewissen Hilflosigkeit, der sich beide gerade ausgesetzt sahen.

„Vielleicht ein wenig", sagte Gabriel, „aber jetzt komm doch erst einmal herein. "

„Möchtest du etwas trinken? ", fragte Gabriel, und Viktoria sah ihn ungläubig an.

„Hast du schon einmal auf die Uhr geschaut? ", erwiderte Viktoria leicht aggressiv und fügte hinzu:

„Sag mir, was du zu sagen hast, und dann gehe ich wieder. Ich muss morgen zeitig aufstehen. "

Gabriel sah seine Tochter an.

„Warum können wir beide uns nicht einfach lieben? ", fragte er sich, „warum waren wir nie eine Familie? "

„Ich möchte mich bei dir entschuldigen, Viktoria. "

Erstaunen stand in Viktorias Gesicht geschrieben.

„Wie meinst du das?", fragte sie ungläubig, und Gabriel antwortete:

„So, wie ich es gesagt habe. Ich möchte mich dafür entschuldigen, dass ich dir kein guter Vater war, und das tut mir leid.

Ich weiß nicht, woran es gelegen hat; aber vielleicht weißt du ja die Antwort.

Ich weiß nur, dass du eine tolle Frau und ein wunderbarer Mensch bist. Und vielleicht kannst du mir ja irgendwann verzeihen ... "

Gabriel musste unterbrechen, weil Tränen seine Stimme erstickten.

Vater und Tochter sahen sich an. Viktoria begann ebenfalls zu weinen.

„Ach Papschi ... "

Diese Worte waren wie eine Erlösung.

Viktoria stand auf, ging zu ihrem Vater und umarmte ihn. Gabriel erwiderte ihre Umarmung so fest, dass Viktoria fast keine Luft mehr bekam.

Die Tränen der beiden spülten die Barrieren fort, die all die Jahre trennend zwischen Vater und Tochter gestanden waren.

„Und glaubst du, dass du mir irgendwann verzeihen kannst?", fragte Gabriel vorsichtig nach.

„Das ist schon längst geschehen", antwortete Viktoria, *„und wie du weißt, gehören immer zwei dazu. Schließlich habe ich ja den Dickschädel von dir geerbt."*

„Na, na", erwiderte Gabriel lachend und Viktoria fiel mit ein.

„Wie kommst du mit Djamila zurecht?"

Gabriel war erstaunt, als Viktoria nahtlos das Thema wechselte.

„Gut, sehr gut sogar", antwortete Gabriel. *„Ich hätte nicht gedacht, dass ich jemals einer jungen Frau hemmungslos meine Nacktheit präsentiere."*

Viktoria sah ihren Vater mit großen Augen an.

„Hast du mit Djamila geschlafen?", fragte sie voller Entsetzen.

„Spinnst du?", kam es ebenso entsetzt von Gabriel zurück. *„Jamila hilft mir beim An- und Auskleiden. Ich habe keinerlei sexuelles Interesse an dieser Frau."*

„Entschuldigung!"

Viktoria hatte eingesehen, dass sie gerade sehr weit über das Ziel hinausgeschossen war.

„Das war dumm von mir; es tut mir leid."

„Hoffentlich", erwiderte Gabriel, *„oder hättest du diese Aufgabe übernehmen wollen?"*

„Um Gottes willen, nein", kam es entsetzt aus Viktorias Mund, *„allein die Vorstellung lässt mir die Haare zu Berg stehen."*

Das Lachen der beiden bezeugte die wiederhergestellte Harmonie.

„Ich weiß von Waldi, dass du hinter der Aktion <Djamila> stehst, und ich möchte dir ganz herzlich dafür danken", sagte Gabriel, *„das war sehr lieb von dir."*

„Das habe ich gern gemacht", erwiderte Viktoria und sah dabei demonstrativ auf ihre Uhr.

„Sei mir bitte nicht böse, Papschi, aber jetzt muss ich wirklich gehen."

„Natürlich, mein Schatz", erwiderte Gabriel, *„und nochmals danke, dass du gekommen bist."*

Viktoria stand auf, gab Gabriel einen Kuss auf die Wange und sagte: *„Ich hab dich lieb."*

„Ich dich auch", erwiderte Gabriel.

*****

Gabriel und Jumana hatten einen Kompromiss geschmiedet. Unter der Woche gab es europäische Kost und am Sonntag wurde syrisch gekocht.

Es war kein Leichtes, Jumana so weit zu bringen. Sie war ein harter Brocken, die an Prinzipien festhielt wie ein kleines Kind am Schürzenband der Mutter.

Sie war ein Mensch mit klaren Strukturen und Wertvorstellungen, die sie gegen alle Widerstände verteidigte und immer noch stark in ihrem alten Leben verhaftet war.

Jumana hatte in letzter Zeit immer öfter die Übernachtungsmöglichkeit im Haus Baumann wahrgenommen. Auch das wurde unter „Kompromiss" verbucht.

Infolgedessen blieb es nicht aus, dass bei solchen Gelegenheiten sehr viel Privates zur Sprache kam. Und so kam man sich allmählich immer näher.

Gabriel schaffte es sogar, Jumana glaubhaft zu machen, dass das DU zwischen ihm und Djamila absolut notwendig wäre. Andernfalls könne er den doch sehr intimen Vorgang des An- und Auskleidens nicht mehr in Anspruch nehmen.

Die letzte Hürde fiel, als Gabriel Jumana das DU anbot und diese, unterstützt von mehreren Gläsern Rotwein, zusagte.

*****

Es war an einem dieser launischen Abende, als Gabriel einen seiner Schätze aus dem Keller geholt hatte. Es war ein „Château Duchesse Pauli De Bretagne Grand Cru 2018".

„Den hat mir ein Mandant geschenkt, weil ich ihn vor dem Gefängnis bewahrt habe."

„Hoffentlich war er kein Mörder", sagte Jumana scherzhaft, worauf Gabriel antwortete:

„Nein, er hat nur Steuern hinterzogen. Aber es waren gewaltig viele."

„Hast du auch schon einmal einen Mörder verteidigt?", fragte Jumana.

Gabriel antwortete nicht sofort. Er dachte daran, dass Jumana und Djamila ein Leben hinter sich gelassen hatten, in dem Mord und Totschlag an der Tagesordnung waren.

„Nein", antwortete Gabriel, *„das könnte und wollte ich nicht."*

„Warum nicht?", fragte Jumana.

„Ich weiß es nicht", antwortete Gabriel, *„ich habe mir diese Frage selbst nie gestellt."*

Jumana nahm ihr Glas in die Hand und sagte:

„Das ist schön. Darauf möchte ich trinken."

Gabriel und Jumana stießen miteinander an und dann geschah etwas Wunderbares. Es war nicht das erste Mal, dass die beiden ein Glas am Abend getrunken hatten, aber bisher war es nur ein freundschaftliches Geplänkel, das sie verband.

Nicht jedoch an diesem Abend.

Bei Jumana und Gabriel öffneten sich genau im selben Moment die Türen ihrer Herzen und Liebe strömte hindurch.

„Darf ich dich küssen?"

Gabriel sah in die leuchtenden Augen von Jumana, die laut JA riefen.

Er nahm sie in den Arm und dann küsste er sie. Jumana erwiderte seinen Kuss, wieder und wieder.

Plötzlich stieß sie Gabriel von sich und stand auf.

„Was habe ich nur getan?", sagte sie aufgeregt, *„wir dürfen das nicht. Es ist nicht richtig."*

„Aber was hast du?", fragte Gabriel entsetzt.

„Nein, nein, nein!", rief Jumana, *„das hätte nie passieren dürfen. Es tut mir leid."*

Jumana stand auf und rannte weinend aus dem Haus.

*****

Gabriel lag noch im Bett, als Djamila mehrmals die Türglocke betätigte. Als niemand öffnete, nahm sie den Schlüssel, den ihr Gabriel vor einiger Zeit gegeben hatte, und öffnete sich selbst.

„Du hast mich fast zu Tode erschreckt", sagte Gabriel, als er die Augen öffnete und Djamila vor seinem Bett stehen sah.

„Was machst du überhaupt so früh schon hier?", fragte er, *„es ist noch nicht einmal 8 Uhr."*

„Können Sie sich das nicht denken, Herr Baumann?", antwortete Djamila.

„Du lieber Gott", erwiderte Gabriel, *„geht das schon wieder los?"*

„Was haben Sie mit meiner Mutter gemacht?", sagte Djamila, *„sie ist am Boden zerstört."*

„Ich hätte nicht gedacht, dass ein einziger Kuss eine solche Wirkung haben kann", kam die flapsige Antwort von Gabriel, die er sofort bedauerte, als er sah, dass Djamila weinte.

„Beruhig dich bitte, Djamila, es ist doch gar nichts Schlimmes passiert", sagte Gabriel, *„ich habe mit deiner Mutter nur ein Glas Wein getrunken und dann haben wir uns geküsst. Mehr war da nicht..."*

Djamila setzte sich auf Gabriels Bett.

„*Es ist wegen meines Vaters*", sagte sie und sah Gabriel dabei fragend an.

„*Dein Vater ist doch tot*", erwiderte Gabriel, „*oder etwa nicht?*"

„*Schon seit ein paar Jahren*", sagte Jamila.

„*Dann verstehe ich nicht, warum deine Mutter so heftig reagiert hat, nachdem wir uns geküsst haben. Sie wollte es doch genauso wie ich.*"

„*Das kannst du nicht verstehen*", sagte Djamila und Gabriel war froh, dass sie wieder zum DU zurückgekehrt war. Djamila hatte sich offensichtlich in einem Ausnahmezustand befunden.

„*Möchtest du nicht versuchen, es mir zu erklären?*", fragte Gabriel, worauf Djamila nickte, begleitet von einem sanften Lächeln.

„*Das ist gut*", sagte Gabriel, „*dann geh jetzt hinunter und mache uns ein Frühstück. Ich geh in der Zwischenzeit duschen und dann komme ich zu dir.*"

Als Gabriel unter der Dusche stand, musste er daran denken, dass Djamila, ebenso wie ihre Mutter, zu einem Teil seines Lebens geworden waren. Im Grunde genommen, brauchte er beide nicht mehr; aber er hätte keinesfalls auf sie verzichten mögen.

*****

„Bitte, entschuldige meinen Überfall."

Djamila hatte Frühstück gemacht und saß mit Gabriel in der Küche.

„Schon vergessen", sagte Gabriel, *„ich freue mich, dass du hier bist und dass du ein offenkundiges Missverständnis mit mir ausräumen wirst."*

Jamila war froh, dass Gabriel ihr wegen ihres etwas polterhaften Auftritts nicht böse war. Sie begann zu erzählen.

„Mein Vater und meine Mutter haben eine sehr glückliche Ehe geführt. Wir haben damals in Latakia gelebt. Das ist eine Hafenstadt, ca. 50 Kilometer südlich der türkischen Grenze.

Mein Vater war Arzt. Eines Tages kamen Rebellen vom Meer her und haben ihn entführt. Ich weiß nicht, ob es der IS war oder die Freie Syrische Armee.

Sie brauchten auf jeden Fall einen Arzt, der sich um einen höher gestellten Anführer kümmern sollte. Der Führer der Gruppe hat meiner Mutter versprochen, dass sie meinen Vater bald wieder zurückbringen würden.

Aber das war gelogen. Wir haben meinen Vater nie wieder gesehen. Nach einem Jahr sind wir dann mit einem Boot übers Meer geflohen.

*Für meine Mutter ist mein Vater noch am Leben.
Seine Bilder hängen überall in der Wohnung und wir
feiern jedes Jahr seinen Geburtstag. "*

Hier machte Djamila eine Pause.

„Was hat sie zu dir gesagt, was passiert ist? ",
fragte Gabriel.

Djamila lächelte. Sie konnte sich nicht vorstellen,
dass der Mann, mit dem sie gerade frühstückte, den
sie mehrmals nackt erlebt hatte und der ihr nie Avan-
cen gemacht hatte, ihre Mutter bedrängt hätte. Niemals...

„Das spielt keine Rolle", antwortete Djamila,
„meine Mutter hat sich ganz einfach verrannt. "

„Vielen Dank, Djamila", erwiderte Gabriel, *„das
bedeutet mir sehr viel. Das werde ich dir nie vergessen. "*

*„Ich werde meine Mutter darum bitten, sich mit dir
und mir zusammenzusetzen, und dann werden wir
diese leidige Angelegenheit aus der Welt schaffen.*

Wäre das in Ordnung für dich? "

„Sehr sogar", antwortete Gabriel, *„aber jetzt lass
uns in Ruhe zu Ende frühstücken. "*

*****

Gabriel arbeitete seit zwei Wochen wieder in der Kanzlei. Es half ihm, Abstand zu dem Geschehenen zu gewinnen. Weder Djamila noch ihre Mutter hatten sich bei ihm gemeldet und Gabriel war der Ansicht, der erste Schritt müsse von ihnen ausgehen.

Viktoria war echt froh darüber, dass ihr Vater wieder in der Kanzlei war, denn Arbeit gab es genug. Sie schaute immer wieder einmal in seinem Büro auf einen Kaffee oder einen kleinen Plausch vorbei. Gabriel genoss es, auf diese Weise seiner Tochter näherzukommen. Überhaupt hatte sich ihr Verhältnis geändert. Und zwar zu einem viel Besseren als jemals zuvor.

„Du vermisst sie", sagte Viktoria, *„du vermisst sie sehr. Du kannst es ruhig zugeben."*

Viktoria hatte den Grund für die Differenz zwischen ihrem Vater und Jumana von Professor Fromm erfahren. Und der wusste es von Djamila.

„Ja, , vielleicht vermisse ich sie ein klein wenig, aber das macht nichts."

„Du bist ein miserabler Schwindler", entgegnete Viktoria lachend, *„warum redest du nicht mit ihr?"*

„Der erste Schritt muss von ihr aus kommen", sagte Gabriel, und ein wenig klang es wie das Widersprechen eines kleinen, trotzigen Kindes.

*****

Djamila hatte ihre Mutter dazu bewegen können, einem Treffen mit Gabriel zuzustimmen, unter der Prämisse, es auf neutralem Boden stattfinden zu lassen.

*****

Couscous wird in Marokko üblicherweise mit Fleisch oder Gemüse zubereitet. Eine andere Variante gibt es auf Sizilien. Und zwar mit Fisch.

Couscous di pesce alla trapanese

Couscous, Knurrhahn, Goldbrasse, Zahnbrasse oder Wolfsbarsch, gemahlene Mandeln, Sellerie, Tomaten, Lorbeerblatt, Knoblauch, Safran, Paprika, Salz, Pfeffer und Olivenöl.

Aus diesen Zutaten wird ein köstliches Gericht zubereitet und in einem Terracotta-Gefäß mit Blumenmuster, der „cuscusiera" oder „pignatta di cùscusu" serviert.

Das „Cucina Leonardi" ist ein weit über die Region hinaus bekanntes sizilianisches Fischrestaurant. Und das war der Schauplatz für das Treffen von Gabriel und Jumana.

Djamila hatte ihre Mutter und Viktoria ihren Vater dorthin geschleppt. Andrea Leonardi war vor Jahren in der Obhut von Professor Fromm gewesen und daraus war eine Art Freundschaft zwischen den beiden Herren entstanden.

Der Besitzer des Restaurants war von Professor Fromm genauestens instruiert worden, insbesondere, was die Brisanz dieses Treffens anging.

Ein besonderer Platz im Restaurant, der normalerweise für die Familie von Andrea reserviert war und etwas abgeschieden lag, war für Gabriel und Jumana hergerichtet worden.

„Buonasera signora, buonasera signore e benvenuto nel mio ristorante!"

Andrea Leonardi war das Paradebeispiel für einen redegewandten, charmedurchdrungenen Italiener, der zudem auch noch mit einem unverschämten guten Aussehen gesegnet war.

Während das Auftreten des Wirts Djamila unbeeindruckt ließ, bedauerte es Viktoria, dass sie das Lokal gleich wieder verlassen sollte.

"Der Professore hat mich beauftragt, Sie zu verwöhnen, und ich hoffe, es gelingt mir."

Gabriel und Jumana hatten kaum Platz genommen, als ein Kellner zwei Gläser mit perlendem Inhalt brachte.

„Das ist ein Spumante Brut Donnafugata aus meiner Heimat", schwärmte Andrea, *„aus Trauben von Chardonnay und Pinot Nero.*

Ich wünsche Euch einen wunderschönen Abend!"

Andrea entfernte sich und Gabriel und Jumana waren endlich allein.

„Ganz schön aufregend, das Ganze", sagte Gabriel und Jumana erwiderte:

„Und ziemlich anstrengend..."

Die beiden lachten und sie fragten sich wohl gerade, wie es eigentlich zu diesem unsäglichen Missverständnis gekommen war.

„Ich freue mich sehr, dass du gekommen bist", wagte Gabriel den ersten Schritt.

„Das ist lieb von dir, dass du das sagst", erwiderte Jumana, *„ich freue mich auch."*

„Wie geht es dir?", fragte Gabriel.

„Gut", antwortete Jumana, *„und wie geht es dir? Ich habe gehört, du arbeitest schon wieder?"*

„Ein wenig", sagte Gabriel, *„das bringt mich auf andere Gedanken."*

Die Unterhaltung drohte gerade zu erliegen, als das Essen aufgetragen wurde. Andrea war mit dem Kellner mitgekommen und hielt eine Flasche Wein in der Hand. Er brachte sich vor seinen besonderen Gästen in Positur und verkündete wie ein römischer Konsul:

„Couscous di pesce alla trapanese. Eine Spezialität aus Sicilia."

Dann streckte er die Weinflasche entgegen und fügte hinzu:

„Sicilia Grillo DOC SurSur Duemilaventuno vom Castello Donnafugata."

Es fehlten nur noch die Fanfaren, um das Ereignis würdig zu umrahmen.

Andrea ließ es sich nicht nehmen, diesen edlen Tropfen selbst zu kredenzen. Als er dann die Bedeutung des Wortes „Donnafugata" erklärte, freute er sich sehr darüber, dass seine Gäste zu lachen begannen.

Donnafugata bedeutet nämlich: *„Frau auf der Flucht".*

Aber warum Gabriel und Jumana wirklich lachten, konnte Andrea natürlich nicht erahnen.

„Buon appetito!"

Mit diesen Worten entfernte sich Andrea und seine Gäste begannen das köstliche Mahl zu genießen.

„Das schmeckt ganz wunderbar", sagte Jumana, *„ich kannte Couscous bisher nur mit Gemüse und Fleisch; aber nicht mit Fisch."*

„Mir schmeckt es auch sehr gut", bestätigte Gabriel, *„und der Wein ist eine Offenbarung."*

Sie waren schon beinahe fertig mit dem Essen, als Jumana plötzlich und vollkommen unerwartet sagte:

„Bist du mir noch böse?"

„Um Gottes willen, nein", antwortete Gabriel, *„ich war dir nicht einen Augenblick lang böse. Nur traurig und ein wenig enttäuscht."*

Jumanas Augen wurden feucht.

„Es tut mir sehr leid. Bitte, verzeih mir."

„Da gibt es nichts zu verzeihen", sagte Gabriel hastig, *„es ist alles gut."*

„Ich möchte dir erklären, warum ich gegangen bin", fuhr Jumana fort, und Gabriel erwiderte:

„Das ist nicht nötig, Jumana. Wirklich nicht."

„Ich möchte es aber", sagte Jumana bestimmt, um der Wichtigkeit ihres Wunsches Nachdruck zu verleihen.

Gabriel nickte. Er nahm ihre Hand, küsste sie und sagte:

„Wenn es dir wichtig ist, dann werde ich dir zuhören."

„Ich danke dir, Habibi", erwiderte Jumana und ihr Gesicht strahlte.

Sizilianisches Torroneparfait

Mandeln, Pistazien, Kirschen, Schokolade, Eier, Zucker, Honig und geschlagene Sahne.

Dieses Nougatparfait mit Johannisbeersauce war der krönende Abschluss eines himmlischen Essens. Begleitend dazu ein „Vin Santo", eine bernsteinfarbene Köstlichkeit mit einem Aroma von Rosinen, Aprikosen, Honig und Vanille.

„Le è piaciuto il sapore?"[2]

Andrea war an den Tisch gekommen. Die Selbstzufriedenheit in seinem Gesicht wurde durch die lobenden Worte seiner Gäste noch erheblich verstärkt.

„Das hat mir der Professore für Sie gegeben", sagte er und reichte Gabriel einen Umschlag.

Andrea entfernte sich wieder und Gabriel öffnete den Umschlag. Es war ein Brief, den Gabriel vorzulesen begann:

„Liebe Jumana, lieber Gabriel!

Ich hoffe, es hat Euch geschmeckt und Ihr seid sattgeworden. Wenn nicht, dann werde ich Andrea die Ohren lang ziehen.

---

[2] *Hat es Ihnen geschmeckt?*

Das Gleiche werde ich auch mit Euch machen, wenn Ihr Euren dummen Zwist nicht aus der Welt schafft.

Ihr seid beide ungebunden, Ihr habt Euch gern und Ihr passt wunderbar zusammen.

Das ist übrigens auch die Meinung von Djamila und Viktoria.

Winkt jetzt Andrea herbei. Er wird Euch eine Frage stellen. Solltet Ihr Euch meiner Meinung und der von den beiden Mädels anschließen, dann beantwortet die Frage von Andrea mit „Si."

Gabriel und Jumana sahen einander an.

„Dieser verrückte Herr Professor", sagte Gabriel lachend, *„das ist so typisch für ihn. Ich glaube, der wird wohl nie erwachsen."*

„Er ist ein ganz wunderbarer Mann", sagte Jumana, *„ich mag ihn sehr."*

„Und was ist mit mir?", fragte Gabriel zaghaft.

Das Lächeln, welches in diesem Augenblick Jumanas Gesicht zum Leuchten brachte, wäre an und für sich schon Antwort genug gewesen; aber die Worte, die sie sagte, waren wie Glockenklang in Gabriels Ohren.

„Dich liebe ich, Habibi."

Gabriels Herz schlug bis zum Hals. Er winkte eilig Andrea herbei und dieser sagte:

„Va tutto bene?"[3]

Und wie aus einem Mund erklang von den beiden ein lautes „Si".

Andrea lachte, holte sein Telefon aus der Tasche und sagte:

„Das muss ich gleich dem Professore sagen."

*****

Gabriel und Jumana hatten die „Cucina Leonardi" verlassen und waren in den nahe gelegenen Park gegangen.

Es war noch relativ hell und ein paar Liebespärchen belegten die wenigen Bänke. Als eines dieser Pärchen ihre Bank verließ, nahmen Gabriel und Jumana darauf Platz.

„Was für ein herrlicher Abend", sagte Jumana.

„Einer von denen, die nie zu Ende gehen dürften", fügte Gabriel hinzu.

---

[3] *Ist alles in Ordnung?*

„*Du hast schon zweimal ein Wort zu mir gesagt, das ich nicht verstanden habe*", sagte Gabriel.

„*Habibi*", erwiderte Jumana.

„*Ja, so hieß es*", bestätigte Gabriel und fragte:

„*Was bedeutet das?*"

„*Das sage ich dir nicht*", erwiderte Jumana lächelnd, „*das musst du schon selbst herausfinden.*"

Inzwischen war die Dämmerung schon weit vorangeschritten.

Jumana hatte sich die ganze Zeit über bei Gabriel eingehängt. Plötzlich löste sie ihren Arm und sagte:

„*Ich möchte dir jetzt erklären, warum ich mich an jenem Abend so verhalten habe.*"

Gabriel war schon im Begriff, Jumanas Ansinnen zu unterbinden, als sie hinzufügte:

„*Und bitte, unterbrich mich nicht.*"

Jumanas Blick ging in die Ferne, als wären dort all die Erinnerungen verborgen, die sie jetzt wieder zum Leben erweckte.

„*Ich war sehr jung, als ich Karim kennenlernte. Ich habe mich sofort in ihn verliebt. Er stammte aus einer vornehmen Familie und seine Eltern waren nicht gerade davon begeistert, dass er sein Herz an eine Frau verlor, die aus einer weniger begüterten Familie stammte.*

Aber Karim setzte sich durch. Er heiratete mich. Seine Eltern richteten eine Hochzeit aus, die sich meine Eltern niemals hätten leisten können.

Es war wie ein Märchen aus tausendundeiner Nacht.

Dann kam Djamila auf die Welt. Sie war von Anfang an Papas Liebling. Er verwöhnte sie, wo er nur konnte; auch oft gegen meinen Willen.

Ich hatte damals eine Ausbildung als Lehrerin begonnen, die ich abbrechen musste. Als Frau eines Arztes war es unvorstellbar, dass ich arbeitete. Und dann war ja auch noch Djamila da.

Also war ich nur noch Hausfrau und Mutter.

Das mag jetzt vielleicht traurig klingen, war es aber nicht. Zumindest nicht nach einer gewissen Zeit. Ich ging schon bald in meiner Rolle als Ehefrau und Mutter auf.

Wir hatten ein wunderbares Zuhause, Karim verdiente gut und alles war in bester Ordnung.

Djamila wuchs heran, wurde erwachsen und begann zu studieren. Medizin natürlich, wie ihr Vater und schon der Großvater. Ein <Hakim>[4] eben.

---

[4] *Arabisch für Arzt*

Wir hatten ein Leben wie im Paradies.

Das endete, als diese bösen Männer vom Meer herkamen und in unser Paradies einbrachen. Sie haben mir meinen Karim genommen."

Tränen liefen über Jumanas Gesicht.

Gabriel wollte sie in den Arm nehmen, aber Jumana wehrte sich dagegen.

„Lass mich, ich bin noch nicht fertig."

Es schien, als wolle sie – unbeeinflusst von allem – bis zum letzten Tropfen ihre Seele auswinden.

„Als die Männer mit Karim aufs Meer hinausgefahren sind, haben sie mir seinen Körper genommen, nicht aber sein Herz.

Das habe ich bei mir behalten, und ich trage es noch immer in mir."

Jumana machte eine Pause. Gabriel war zutiefst ergriffen von Jumanas Geschichte. Er war sicher, dass sie diese noch nicht vielen Menschen erzählt hatte, und war völlig unsicher, wie er darauf reagieren sollte.

„Und dann sind wir vor diesen Menschen geflohen und haben unsere Heimat verlassen."

Gabriel empfand Erleichterung darüber, dass ihm die Entscheidung abgenommen worden war, ob er etwas dazu sagen oder doch lieber schweigen sollte .

„Der Anfang in einem fremden Land war sehr schwer für uns. Vor allem für Djamila. Sie vermisste ihren Vater. Aber ein guter Engel hat uns geholfen.

Er schickte uns Professor Fromm. Mit seiner Hilfe haben wir uns eine Existenz aufgebaut. Er wurde schon sehr bald ein Vertrauter und später ein guter Freund.

Für Djamila wurde er zu einer wichtigen Person. Eine männliche Bezugsperson, zu der sie aufschauen konnte.

Er war es auch, der sie zu einem Studium als examinierte Krankenschwester überreden konnte. Und jetzt hat sie sogar einen Bachelor of Science.

Unsere Welt war wieder einmal in Ordnung."

Jumana machte erneut eine Pause. Sie wendete sich Gabriel zu und fuhr fort:

„Aber nur, bis du in unser Leben getreten bist."

Gabriel wusste nicht, wie er darauf reagieren sollte. Diese Worte klangen schon fast wie ein Vorwurf. Dass dem jedoch nicht so war, bewiesen Jumanas nächste Worte.

„Plötzlich trat ein Mann in unser Leben, der meinem Karim ebenbürtig war. Und zu dem sich Djamila wie auch ich sofort hingezogen fühlten.

Das ging sogar so weit, dass ich mich von diesem Mann küssen ließ. Ich habe diesen Mann sogar wiedergeküsst. Und es hat mir gefallen. Sehr sogar. "

Jumana sah Gabriel eindringlich an.

„Ich war zur Verräterin geworden. Ich hatte meinen Ehemann, Karim Abbas hintergangen, und ich schämte mich dafür... "

Jetzt hielt es Gabriel nicht mehr länger zurück.

„Das ist doch Unsinn", sagte er heftig, *„du hast deinen Mann nicht betrogen. "*

„Doch, das habe ich", erwiderte Jumana und streckte Gabriel ihre Hand entgegen.

„Ich bin noch verheiratet; ich trage noch immer seinen Ring. "

Tränen rannen über Jaminas Gesicht, als sie das sagte.

„Du bist mit einem Toten verheiratet", sagte Gabriel aus einer völligen Verzweiflung heraus, *„das ist doch nicht richtig. "*

Jetzt gab es kein Halten mehr für Jumana. Ein heftiger Weinkrampf schüttelte ihren Körper.

Gabriel nahm Jumana in den Arm. Jumana wehrte sich nicht.

„Ich bin so unglücklich", stammelte sie, *„was soll ich nur tun?"*

*****

Seit ihrer letzten Begegnung waren Wochen vergangen. Gabriel hatte immer wieder versucht, mit Jumana in Kontakt zutreten, aber sie drückte ihn jedes Mal weg, wenn er anrief.

Gabriel hatte sich daraufhin an Djamila gewandt und um Vermittlung gebeten, jedoch ohne Erfolg. Sie begründete ihre Ablehnung damit, dass das allein die Angelegenheit ihrer Mutter wäre.

Derselben Meinung war auch Viktoria. Was Gabriel überhaupt nicht verstehen konnte, war die Tatsache, dass die drei Frauen regelmäßig Kontakt hielten.

In seiner Not versuchte Gabriel nun über seinen Freund Waldemar an Jumana herankommen zu können.

Das Café Heidmann war seit vielen Jahren der wöchentliche Treffpunkt der beiden Herren, um Schach zu spielen.

Allerdings hatten sie sich seit dem unseligen Unfall von Gabriel nicht mehr dort getroffen. Waldemar war nicht wirklich traurig darüber, war doch Gabriel ein eher lausiger Gegner.

Der Professor hatte auch früher schon immer wieder einmal versucht, sich davor zu drücken, aber seine Frau Elvira nötigte ihn, nach der Scheidung von Gabriel und Birte, sich mit seinem Freund zu treffen.

„Du musst schon sehr verzweifelt sein, dass du dich dem Großmeister für eine weitere Niederlage zur Verfügung stellst."

Waldemar begrüßte den Freund mit einem seiner üblichen Späße. Er genoss es jedes Mal wieder, und er hätte um nichts auf der Welt darauf verzichten wollen.

Gabriel gab sich betont lässig, obwohl es ihm nicht wirklich egal war. Er war fest davon überzeugt, dass er den Freund irgendwann schlagen würde.

Er konnte ja nicht wissen, dass Waldemar seit Jahren ein Katz- und Mausspiel mit ihm veranstaltete. Er spielte bewusst schlecht, dass Gabriel sich in dem Irrtum wähnte, dem Sieg nahe zu sein.

Aber bevor es eng werden konnte, zog Waldemar die Schlinge zu und setzte den Freund matt.

„Grüß Gott, die Herren. Wie immer? Für den Herrn Doktor einen verlängerten Braunen[5] und ein Kipferl[6], und für den Herrn Professor einen doppelten Mokka mit Beilage."

---

[5] *Österreichische Kaffeespezialität*
[6] *Hörnchen*

Josef Kisser, in seiner Eigenschaft als Kellner im Café Heidmann einfach als „Herr Josef" tituliert, hatte die beiden Freunde begrüßt.

„*Wie immer, Herr Josef*", antwortete Professor Fromm, „*und bringen 's dem Herrn Doktor auch einen Cognac mit.*"

Der Herr Josef verbeugte sich als Zeichen der Bestätigung dafür, dass er den Wunsch des Herrn Professor vollinhaltlich verstanden habe, und entfernte sich rasch.

„*Warum machst du das?*", fragte Gabriel vorwurfsvoll seinen Freund, „*seit Jahren sage ich dem Josef, dass ich kein Doktor bin, und du nährst diesen Blödsinn auch noch.*"

„*Geh, hab dich nicht so*", antwortete Waldemar, „*ist doch lustig.*"

„*Für dich vielleicht*", brummte Gabriel, und Waldemar machte seinen ersten Zug mit den Worten:

„*Die Partie ist eröffnet.*"

Gabriel legte seinen König um und Waldemar traute seinen Augen nicht.

„*Was ist das denn?*", fragte er erstaunt, „*du gibst schon auf, bevor die Partie noch richtig begonnen hat?*"

76

„*Sei mir bitte nicht böse, lieber Freund*", erwiderte Gabriel, „*aber ich habe heute keine Lust.*"

„*Aha*", sagte Waldemar, „*und warum haben wir uns dann getroffen?*"

„*Weil ich mit dir reden möchte*", erwiderte Gabriel.

Waldemar, der sofort wusste, was auf ihn zukommen würde, antwortete nur: „*Jumana*"

Gabriel nickte. Der Herr Josef brachte die gewünschte Bestellung und wollte sie auf den kleinen Tisch daneben platzieren, als Waldemar sagte:

„*Sie können die Sachen gleich auf unseren Tisch stellen, Schach fällt heute aus.*"

„*Ist das Wetter heut schlecht für Schach?*"

Gabriel fragte sich, wer diese Art der Konversation zwischen Gast und Kellner wohl erfunden hatte: Waldemar oder der Herr Josef?

„*Ganz schlecht, Herr Josef*", antwortete Waldemar und bescherte dem Herrn Josef damit ein Lächeln.

Gabriel wartete, bis der Professor den ersten Schluck Kaffee gemacht und sagte dann:

„*Du musst mir helfen, Waldemar.*"

Waldemar nahm einen weiteren Schluck Kaffee und fragte dann:

„Und wie stellst du dir das vor?"

„Ich weiß es nicht", antwortete Gabriel, *„ich habe nicht die geringste Ahnung."*

„Andrea hat mir erzählt, dass euer Versöhnungsessen perfekt gelaufen ist", sagte Waldemar, *„und als ihr gegangen seid, habt ihr zufrieden und glücklich gewirkt. Aber was ist danach passiert?"*

„Ich bin mit Jumana in den Park gegangen", antwortete Gabriel.

Waldemar sah den Freund erwartungsvoll an. Als dieser nicht weitersprach, sagte er:

„Und dann? Weiter, weiter; lass dir doch nicht alles aus der Nase ziehen."

Gabriel schien wie erstarrt. Er sah Waldemar einfach nur an.

„Jumana ist mit einem Toten verheiratet und hält ihm noch immer die Treue", sagte er dann, *„dagegen kann ich nicht ankämpfen."*

„Wann ist er gestorben?", fragte Waldemar, *„davon hat mir Jumana gar nichts gesagt."*

„Es ist nicht offiziell", antwortete Gabriel, „aber ich denke, dass ihn seine Entführer schon längst ermordet haben."

„Sachte, sachte, mein Lieber", erwiderte Waldemar, „du kannst doch einen Menschen nicht spekulativ für tot erklären."

„Ist doch auch völlig egal", sagte Gabriel, „es geht auch nicht darum, was ich glaube. Wichtig ist vielmehr, was Jumana denkt. Sie fühlt sich ihrem Ehemann verbunden bzw. verpflichtet."

Waldemar dachte nach. Er schwenkte sein Cognacglas hin und her, während Gabriel ihn erwartungsvoll dabei ansah. Schließlich sagte Waldemar:

„Du musst einfach herausfinden, ob Karim noch lebt oder nicht."

„Bravo", kam postwendend die Antwort von Gabriel, „ich rufe Herrn Assad an und frage, ob er das für mich herausfinden kann. Oder noch besser, ich fahre selber hin."

Es war eine Mischung aus Verzweiflung und Ohnmacht, die Gabriel dazu veranlasst hatte, sich dem Sarkasmus hinzugeben. Eine Art, die ihm üblicherweise völlig fremd war.

„Was sind denn das für Töne, mein Freund", erwiderte Waldemar, „du spielst gerade auf meiner Orgel."

Gabriel musste lächeln.

„Entschuldige bitte", sagte er, *„es ist nur alles so ausweglos."*

„Ist schon gut", erwiderte Waldemar, *„ich verstehe dich schon."*

Wenig später trennten sich die beiden, nicht ohne sich zu versprechen, darüber nachzudenken, wie man das Problem lösen könnte.

Es musste doch irgendeinen Weg geben, herauszufinden, ob Dr. Karim Abbas noch am Leben wäre…

*****

Zufälle sind gelegentlich ein patentes Mittel, einem Problem auf die Sprünge zu verhelfen, das bis dato scheinbar als unlösbar galt.

Gabriel hatte Viktoria von seinem Gespräch mit Waldemar erzählt.

„Ich habe da vielleicht eine Idee", hatte Viktoria gesagt, *„aber mach dir nicht allzu früh Hoffnung. Ich muss erst etwas klären."*

„Was ist das für eine Idee?", insistierte Gabriel sofort, *„bitte, sage es mir. Ich halte das sonst nicht aus."*

Viktoria zögerte zunächst. Als sie jedoch den flehentlichen Blick ihres Vaters sah, antwortete sie:

„Ich habe noch Verbindung mit einigen Kommilitonen aus meiner Studienzeit. Da waren auch Burschen aus Syrien dabei. Ich kann ja Kontakt zu ihnen aufnehmen."

„Das ist ja wunderbar", geriet Gabriel ins Schwärmen. Er umarmte seine Tochter so fest, dass sie fast keine Luft mehr bekam.

Viktoria musste daran denken, dass sie sich früher öfter gewünscht hätte, ihr Vater währe zu solchen Gefühlsausbrüchen fähig gewesen.

„Ist ja gut Papschi", sagte sie, *„aber ich habe es dir gesagt; ich kann dir nichts versprechen."*

„Das weiß ich doch, mein Liebling", erwiderte Gabriel, *„ich bin dir ja so dankbar."*

Der euphorische Rausch ihres Vaters begann Viktoria allmählich Sorge zu bereiten. Dennoch kam sie nicht umhin, es auch ein wenig zu genießen.

*****

„Das ist Ali Rashid, ein ehemaliger Kommilitone."

Mit diesen Worten stellte Viktoria ihrem Vater einen jungen, sehr sympathischen Mann vor.

„*Ich habe ihm das Foto von Djamilas Vater gezeigt, das du mir gegeben hast, und er hat etwas herausgefunden.* "

Gabriel hatte von Waldemar ein Foto bekommen, auf welchem Dr. Karim Abbas mit seiner Ehefrau Jumana und Djamila abgebildet waren.

„*Ich fürchte, es wird dir nicht gefallen, was Ali herausgefunden hat*", sagte Viktoria, „*und noch viel weniger Djamila und ihrer Mutter.* "

Gabriel hatte zuerst befürchtet, es ginge darum, dass Karim noch am Leben wäre, und er wollte sich schon dafür schämen, aber als er den ganzen Satz gehört hatte, erschrak er.

„*Dr. Karim Abbas ist tot. Die Rebellen haben ihn enthauptet.* "

Gabriels Schläfen begannen wie wild zu hämmern. Ein schreckliches Bild tat sich vor ihm auf. Er hatte solche Gräueltaten schon im Fernsehen gesehen.

Das war schrecklich und es war aber auch abstrakt, weil es fremde Personen waren, um die es da ging. Aber in diesem Fall war es anders.

Es ging um einen Menschen, den er nie kennengelernt hatte, aber dessen Ehefrau und Tochter ihm sehr nahestanden.

„*Und woher weiß das dein Freund?* ", fragte Gabriel.

Viktoria musste sich überwinden, um die Frage ihres Vaters zu beantworten.

„Es gibt ein Video im Internet", antwortete Viktoria leise, *„du kannst es dir ansehen."*

Gabriel wich entsetzt zurück.

Ali hatte es auf seinem Smartphone aufgerufen und Gabriel entgegengestreckt.

„Tun Sie das weg!", rief er heftig, *„um Gottes Willen, tun Sie das weg."*

Gabriel konnte sich nur schwer beruhigen.

„Woher weiß ich, dass das echt ist?", fragte er.

„Ich habe es mir angesehen", antwortete Viktoria, *„es ist klar und deutlich zu erkennen, dass es Dr. Abbas ist."*

Gabriel sah seine Tochter an. Er hätte es nie für möglich gehalten, dass Viktoria fähig wäre, sich ein solches Video anzusehen und auch noch zu analysieren.

„Und diese Monster haben ihm wirklich den Kopf abgeschlagen?", fragte Gabriel vorsichtig.

„Ja", antwortete Viktoria, *„und den abgeschlagenen Kopf in die Kamera gehalten."*

„Hör auf!"

Gabriel hatte die Worte förmlich hinausgeschrien.

Viktoria umarmte ihren Vater.

„Ist schon gut, Papschi", sagte sie, *„aber jetzt hast du Gewissheit."*

„Aber um welchen Preis", antwortete Gabriel mit tränenerstickter Stimme, *„hätte ich das vorher gewusst, hätte ich die Dose der Pandora niemals aufgemacht…"*

*****

Gabriel hatte sich mit Waldemar verabredet. Er erzählte ihm von seinem Treffen mit Viktorias syrischem Freund.

„Und hat er dir das Video gegeben?", fragte Waldemar.

„Nein, nur den Link", antwortet Gabriel, *„ich kann und will dieses Video nicht sehen."*

„Könnte ich es mir ansehen?", fragte Waldemar.

„Ich schick dir den Link", antwortete Gabriel und begann sofort damit.

Waldemar öffnete den Link und startete das Video. Den Ton hatte er zuvor auf lautlos gestellt.

Als er das Video zu Ende geschaut hatte, sagte er:

„Das ist ganz eindeutig Dr. Abbas."

Gabriel sah seinen Freund an und erwiderte:

„Macht dir das gar nichts aus?"

„Ach Gabriel", antwortete Waldemar, *„ich habe im Laufe meines Berufslebens schon so viele schreckliche Dinge gesehen, dass man entweder abstumpft oder daran zerbricht.*

Wäre ich dessen nicht fähig, hätte ich nicht Arzt werden dürfen. Oder ich wäre Zahnarzt geworden."

Gabriel verstand, was Waldemar ihm damit sagen wollte.

„Es ist doch verrückt. Zuerst hätte ich alles dafür gegeben, Gewissheit über den Tod dieses Mannes zu bekommen, und jetzt wünschte ich, er würde noch am Leben sein."

„Das glaube ich dir, mein Lieber", erwiderte Waldemar, *„aber wir sind uns doch einig darüber, das Jumana und Djamila das niemals erfahren dürfen. Zumindest nicht in dieser Form."*

„Natürlich", sagte Gabriel, *„aber wie meinst du das <in dieser Form>?"*

„Nun, anders eben", erwiderte Waldemar, *„ohne dieses schreckliche Video."*

Gabriel überlegte. Dann sagte er:

„*Meinst du vielleicht mit Totenschein oder so?*"

„*Ja*", antwortete Waldemar, „*oder so…*"

„*Und wie sollte das gehen?*", fragte Gabriel.

„*Das weiß ich doch auch nicht*", antwortete Waldemar leicht ungehalten, „*vielleicht hat der Freund von Wiki eine Idee.*"

*****

Der Studienfreund von Viktoria war der Sohn eines sehr hohen Regierungsbeamten in Damaskus und während seines Studiums unsterblich in Viktoria verliebt.

Dass Viktoria eine Zeit lang sogar mit ihm liiert war, verschwieg sie geflissentlich. Ihr Vater hätte es sogar noch im Nachhinein aufs Schärfste verurteilt.

Viktoria hatte mit dem Video zwar einen Teilerfolg erreicht; aber das genügte ihr noch nicht. Sie bearbeitete Ali so lange, bis er einwilligte etwas total Verrücktes für sie zu tun.

Er versprach ihr eine offizielle Sterbeurkunde, umrankt von einer glaubhaften Geschichte, zu besorgen. Und Viktoria war bereit, den Preis dafür zu zahlen. Die Rede war von einem gemeinsamen Abendessen.

Es dauerte keine Woche, bis Ali Viktoria eine gefakte Sterbeurkunde und einen Zeitungsausschnitt, ebenfalls täuschend echt wirkend, übergab.

Darin stand zu lesen, *„dass Regierungstruppen das Lager der Rebellen gestürmt hätten und dass der gefangengehaltene Arzt, Dr. Karim Abbas dabei lebensgefährlich verletzt wurde. Er sei später seinen schweren Verletzungen erlegen."*

Viktoria war überrascht über die Qualität der Fälschungen. Selbst der angebliche Zeitungsausschnitt schien auf echtem Zeitungspapier gedruckt zu sein.

Viktoria rief Waldemar an und bat um ein zeitnahes Treffen. Als sie ihm die Papiere zeigte, war er ebenso überrascht wie sie.

„Das ist wirklich unglaublich", sagte Waldemar, *„kein Mensch würde je darauf kommen, dass es Fälschungen sind."*

„Und was machen wir jetzt damit?", fragte Viktoria.

„Ich werde sie Djamila geben und die muss sie dann ihrer Mutter unterjubeln."

Viktoria tat sich mit der Formulierung ihres Patenonkels etwas schwer, aber so war er nun einmal, der liebe Waldemar.

„*Aber die Wahrheit sagst du ihr auf keinen Fall*", sagte Viktoria ängstlich.

„*Wo denkst du hin*", erwiderte Waldemar, „*das würde sie umbringen. Genauso wie ihre Mutter.*"

„*Was glaubst du? Wird damit das Problem gelöst sein?*", fragte Viktoria.

„*Ich hoffe es, Viki*", antwortete Waldemar, „*denn eine andere Lösung gibt es nicht.*"

Waldemar sah sein Patenkind an. Er lächelte.

„*Warum lächelst du?*", fragte Viktoria.

„*Weil ich es lustig finde, über welche verschlungenen Wege zwei sture Esel endlich zum gemeinsamen Futtertrog gefunden haben.*"

„*Wird man eigentlich schon als Schelm geboren oder muss man sich erst dorthin entwickeln?*", fragte Viktoria, und Waldemar antwortete:

„*Das ist ein Gottesgeschenk, mein kluges, schönes Patenkind. Und ich bin sehr froh darüber, dass ich es habe.*"

*****

Verspäteter Leichenschmaus für Freunde

Mezze (Vorspeisen)

Cremige Linsensuppe - *rote Linsen, Brühe, Zwiebel, Möhre, Sellerie, Kartoffel, Zitrone, Knoblauch, Minze, Thymian, Zimt, Koriander, Kurkuma, Kümmel, Olivenöl, Salz und Pfeffer.*

Lahma Bil Karaz (süß-saure Fleischbällchen) - *Hackfleisch, Sauerkirschen, Petersilie, Pinienkerne, Zucker, Salz, Pfeffer, Baharat, Zimt und arabisches Fladenbrot.*

Hauptspeisen

Sabanekh (Syrischer Spinateintopf mit Lammfleisch) - *Spinat, Lammfleisch, Zwiebeln, Kichererbsen, Zitrone, Sonnenblumenöl, Salz und Pfeffer.*

Syrische Ouzi (Gefüllte Teigblätter) – *Baklava (Teigblätter), Rindfleisch, Erbsen, Reis, Wasser, Baharat (7 Gewürze), Margarine, Salz, Pfeffer, Cashewnüsse und Pinienkerne.*

Süßspeisen

Grießpudding mit Orangenblütenwasser - *Hartweizengrieß, Wasser, Zucker, Butter Zimt, Orangenblütenwasser, zum Garnieren: Mandeln, Pistazien, Pekannüsse, Granatapfellikör und Haselnusskrokant.*

Halawet el Jiben - *Mozzarellakugeln, Weichweizengrieß, Orangenblütenwasser, Rosenwasser, Gazi-*

Aschta Creme, Zuckersirup, Wasser und gehackte Pistazien.

*****

Waldemar hatte die ominösen Beweisstücke für das Ableben ihres Vaters an Djamila übergeben.

Djamila war überrascht, dass ihre Mutter sehr gefasst darauf reagiert hatte. Wenn sie es nicht besser gewusst hätte, wäre bei ihr beinahe der Eindruck entstanden, ihre Mutter wäre darüber erleichtert gewesen.

„Maschaallah.“[7]

Mit diesem Ausspruch beendete Jumana einen langen Leidensweg der Ungewissheit.

Das von ihr arrangierte Abschiedsessen von ihrem geliebten Gatten versammelte sechs Personen: Professor Waldemar Fromm, Gabriel Baumann mit seiner Tochter Viktoria, Djamila Abbas, Frau Tremmel und die Köchin, die zertifizierte Witwe, Frau Jumana Abbas.

Frau Tremmel, die Putzfrau von Gabriel Baumann war von Nöten, weil das Rezept für den Nachtisch für genau sechs Personen ausgerichtet war. Und irgendwie gehörte sie ja auch dazu.

---

[7] *Gott hat es so gewollt.*

„Ich bin sehr froh, dass ihr alle gekommen seid, um mit mir von meinem geliebten Gatten Abschied zu nehmen."

Mit diesen Worten begrüßte Jumana die kleine Gästeschar.

„Mein ganz besonderer Gruß und Dank gilt Professor Fromm, ohne dessen Hilfe wir es nie so weit gebracht hätten.

Er hat meinem Augenstern Djamila nicht nur Arbeit gegeben, sondern uns beiden auch zu einem neuen Zuhause verholfen. Und er hat mir wertvolle Dokumente beschafft, mit denen mein Herz nun endlich Ruhe und Frieden finden kann.

Mein geliebter Ehemann Karim ist jetzt bei Allah, und ich werde ihn immer im Herzen tragen.

Aber nun greift zu und lasst es euch schmecken."

Waldemar begann zu applaudieren und die anderen folgten ihm. Er beugte sich zu Gabriel und flüsterte:

„Karim vergnügt sich jetzt mit seinen tausend Jungfrauen, und du kümmere dich jetzt endlich um seine Witwe."

*****

Jumana war wie verwandelt. Es war deutlich erkennbar, dass eine große Last von ihr abgefallen war. Ihr Habitus war ganz anders, und ihre Kleidung viel fröhlicher als noch vor ein paar Wochen.

Sie hatte Djamila gebeten, sie möge sie beim Einkaufen begleiten und auch ein wenig beraten. Djamila hatte ihre Bitte abgelehnt mit der Begründung, dass Viktoria viel besser geeignet wäre, sie in modischen Belangen zu beraten.

Das hatte dazu geführt, dass Jumana zunächst einmal zutiefst beleidigt war.

„Du findest es wohl würdelos von mir, dass ich nach dem Tod deines Vaters an Mode denke, anstatt um ihn zu trauern."

„Das ist Unsinn, Mama", antwortete Djamila, *„und das weißt du auch. Papa ist schließlich schon ein paar Jahre lang tot und nicht erst seit gestern."*

Djamilas Einwand reichte nicht aus, um Jumana zu besänftigen. Erst als sie versprach, zusammen mit Viktoria die Beraterfunktion zu übernehmen, wurde die Mutter ihr wieder gewogen.

„Glaubt ihr, ich bin zu alt für dieses Kleid?"

Jumana war aus der Umkleidekabine getreten und präsentierte sich in einem roten Kleid, bedruckt mit großflächigen Frühlingsblumen.

„*Auf gar keinen Fall*", sagte Djamila, „*das Kleid steht dir wunderbar.*"

„*Das ist auch meine Meinung, Frau Abbas*", sagte Viktoria, „*bei Ihrer Figur können Sie alles tragen.*"

Jumana drehte sich wieder und wieder vor dem großen Spiegel und ihr Gesicht leuchtete. Plötzlich blieb sie stehen und sah Viktoria an.

„*Du bist wie eine Tochter für mich*", sagte sie, „*ich mag nicht, dass du Frau Abbas zu mir sagst. Nenn mich bitte endlich Jumana.*"

Viktoria war unschlüssig. Es war nicht das erste Mal, dass Jumana sie darum gebeten hatte; aber bisher hatte es Viktoria immer wieder umgangen.

„*Tu ihr bitte den Gefallen*", flüsterte Djamila, „*sie wird nie Ruhe geben.*"

„*Also gut, Frau Jumana*", sagte Viktoria, „*wenn Sie es unbedingt möchten, dann mache ich das.*"

„*Doch nicht so*", erwiderte Jumana, „*du sollst DU zu mir sagen und nicht SIE.*"

Und dann ging sie auf Viktoria zu und gab ihr einen Kuss auf beide Wangen.

„*Jetzt gibt es kein Zurück mehr*", flüsterte Djamila erneut, „*du hast ab sofort eine zweite Mutter, ob du willst oder nicht.*"

Viktoria erschrak. Ihr Gesichtsausdruck veranlasste Djamila um eine kleine Korrektur des von ihr Gesagten.

„*Das war ein Scherz*", beruhigte sie Viktoria, „*aber ein wenig bist du für sie schon wie eine zweite Tochter.*"

*****

Am Ende der Einkaufstour trennten sich die Wege von Jumana und den beiden jungen Frauen. Jumana fuhr nach Hause, bepackt mit allerlei neuem Gewand und Djamila lud Viktoria in ein Kaffeehaus ein.

„*Meine Mutter kann recht anstrengend sein*", sagte Djamila, „*ich hoffe, es war nicht zu schlimm für dich.*"

„*Aber nein*", antwortete Viktoria, „*ich mag deine Mutter.*"

„*Ich bin sehr froh, dass sie ihr Leben nun ohne die Last der Ungewissheit über den Tod meines Vaters führen kann.*"

Viktoria zuckte leicht zusammen. Sie musste an den Schwindel denken, den Waldemar mit ihrer Hilfe Jumana und Djamila aufgetischt hatte.

„Ist irgendetwas?"

Djamila war Viktorias Verhalten aufgefallen.

„Nein, alles in Ordnung", erwiderte Viktoria schnell, *„ich musste nur gerade wieder daran denken, wie sehr deine Mutter darauf gedrängt hat, dass ich sie duze."*

„Ja, so ist sie", sagte Djamila, *„stell dir vor, sie hat mich gefragt, ob ich es würdelos empfände, dass sie sich modischen Dingen zuwendet, anstatt in Trauer zu versinken."*

Viktoria reagierte nicht gleich darauf. Sie war einfach nur erleichtert, dass ihre Befürchtung unbegründet war.

„Wie siehst du das?", setzte Djamila nach. *„Kann ein Mensch seine Würde verlieren, nur weil er nicht angemessen trauert?"*

„Das ist eine Gretchenfrage"[8] antwortete Viktoria.

---

[8] *Gretchenfrage bezeichnet als Gattungsbegriff eine direkte, an den Kern eines Problems gehende Frage, die die Absichten und die Gesinnung des Gefragten*

„Was ist das?", fragte Djamila.

„Das bedeutet, dass die Antwort auf deine Frage sehr schwierig ist", erwiderte Viktoria, *„aber ich will es trotzdem versuchen.*

Im Christentum wird der Mensch als Ebenbild Gottes bezeichnet und dass seine Würde gottgegeben und nicht verlierbar ist. Sie steht demnach jedem Menschen zu und ist somit unabhängig von Lebensumständen oder Verhalten.

Die andere Interpretation eines Philosophen bezeichnet die Menschenwürde als eine bestimmte Art der persönlichen Lebensführung, die auch misslingen kann. Ein solcher Würdeverlust kann durch andere Personen herbeigeführt werden oder auch selbst verschuldet sein.

Du siehst, die eine Antwort gibt es nicht. Und das bezeichnet man dann als <Gretchenfrage>, deren Ursprung auf ein Zitat aus Goethes FAUST zurückzuführen geht.

So, ich denke, jetzt habe ich dich schwindelig geredet und du hast nur <Bahnhof> verstanden."

---

aufdecken soll. Sie ist dem Gefragten meistens unangenehm, da sie ihn zu einem Bekenntnis bewegen soll, das er bisher nicht abgegeben hat.

Djamila sah Viktoria mit großen Augen an.

„Entschuldige bitte", sagte Viktoria, *„dass ich so einen Blödsinn von mir gegeben habe. "*

„Nein, hast du nicht", gab Djamila entrüstet zurück, *„das war höchst interessant. Woher weißt du das alles? "*

„Ein paar Semester Philosophie", antwortete Viktoria, *„nur verlorene Zeit. "*

„Das finde ich überhaupt nicht", erwiderte Djamila, *„ich könnte dir stundenlang zuhören, große Schwester. "*

Viktoria musste laut lachen. Es gefiel ihr, wie Djamila sie gerade genannt hatte.

„Ich habe mir schon immer eine Schwester gewünscht", sagte sie und Djamila strahlte.

*****

„Grüß Gott, die Herren. Wie immer? Für den Herrn Doktor einen verlängerten Braunen und ein Kipferl, und für den Herrn Professor einen doppelten Mokka mit Beilage. "

Die beiden Freunde hatten sich wieder in die Obhut des Herrn Josef begeben.

Als die Antwort nicht sofort erfolgte, legte der Herr Josef nach:

„Vielleicht eine zweite Beilage wie beim letzten Mal, Herr Professor"

„Aber ja, Herr Josef, bringen`s zwei Cognac", antwortete Waldemar, der das Grinsen des Kellners erwiderte.

Josef Kisser, vulgo Herr Josef gehörte einer Spezies Kellner an, die leider am Aussterben ist. Es ist eine ganz besondere Art Mensch, die aus einer Mischung von Sprachakrobat, Zuhörer und Philosoph besteht.

Ihre Tätigkeit verlangt Anstand, Feinfühligkeit, Einfühlvermögen, sie haben einfach „Pli".[9]

Das Alter des Herrn Josef war schwer zu schätzen. Aber er würde seinen Beruf wohl auch über die Altersgrenze hinaus ausüben, falls es die Gesundheit zulässt.

Man mag das Verhalten dieses Berufsstandes als unecht oder gespielt bezeichnen, und das trifft sicher auch auf manche zu. Aber es sollte dem Gast dennoch

---

[9] *Gewandtheit, Schliff [im Benehmen], Geschick "Viel Pli haben".*

großen Respekt abverlangen, dass ein Mensch sich ganz in den Dienst der Sache stellt.

Der Professor und Gabriel brachten dem Herrn Josef stets ihren Respekt und ihre Dankbarkeit entgegen, was sich nicht zuletzt auch in einem fürstlichen Trinkgeld widerspiegelte.

„Wie weit bist du mit deiner Witwe?", fragte Waldemar und Gabriel erwiderte:

„Nenn sie nicht so. Und sie ist nicht <meine> Witwe."

„Das beantwortet nicht meine Frage", sagte Waldemar.

„Ich möchte nichts überstürzen", erwiderte Gabriel, *„und außerdem befindet sie sich in einer Trauerphase."*

„Dass ich nicht lache", sagte Waldemar, *„das sind doch Ausreden. Aber so warst du schon immer. Ich frage mich noch heute, wie du an Birte herangekommen bist."*

„Noch ein Wort, und ich gehe."

Gabriel hatte einen roten Kopf bekommen. Er starrte seinen Freund wütend an.

„Macht dir das eigentlich Spaß, andere Leute zu quälen? Warum nur? Geht man so mit Menschen um,

die einem nahestehen? Machst du das auch mit deinen Patienten?"

Gabriels Stimme hatte an Lautstärke zugelegt. Ein paar Gäste in der näheren Umgebung begannen sich schon umzudrehen.

„Meine Herren; bitte!"

Der Herr Josef war an den Tisch gekommen, um die Wogen zu glätten.

„Ist schon gut, Herr Josef", sagte Waldemar, dem soeben bewusst geworden war, dass er den Bogen etwas überspannt hatte.

„Es tut mir leid, Gabriel", wandte er sich an seinen Freund, *„bitte, entschuldige. Ich weiß, ich bin ein Scheusal. Aber das dürfte dir doch hinlänglich bekannt sein. Bitte, sei nicht mehr hab auf mich."[10]*

Gabriel schwankte innerlich hin und her. Einerseits hatte Waldemar ihn zutiefst gekränkt, andererseits hatte er ja auch nicht ganz unrecht mit dem, was er sagte.

„Warum bist du auch so?", erwiderte er, *„ich bin halt ein wenig verunsichert, was Jumana betrifft. Kannst du das nicht verstehen?"*

„Ehrlich gesagt, Nein", sagte Waldemar, *„ihr zwei seid wie geschaffen füreinander."*

---

[10] *Österr. für beleidigt sein.*

„*Du bist eben ganz anders wie ich*", erwiderte Gabriel. „*Das war schon während unseres Studiums so.*"

Waldemar lächelte. Er wusste, dass sein Verhalten Gabriel gegenüber manchmal grenzwertig war, und gerade jetzt bedauerte er das ganz besonders.

„*Habe ich dir eigentlich schon einmal gesagt, dass du mein bester Freund bist und dass ich unsere Freundschaft nicht missen möchte?*"

„*Das glaube ich dir sogar*", erwiderte Gabriel, „*besonders wenn man bedenkt, dass ich wahrscheinlich dein einziger Freund bin.*"

Waldemar lachte. Er nahm die Retourkutsche seines Freundes dankbar an, wurde dadurch sein Ausrutscher von davor etwas relativiert.

„*Jetzt aber einmal ganz ehrlich, Gabriel*", startete Waldemar einen neuen Versuch, „*wie weit bist du mit Jumana?*"

Gabriel sah Waldemar an. Er suchte krampfhaft nach einer Antwort.

„*Ich weiß es nicht, Waldemar*", antwortete er schließlich, „*kannst du mir eventuell weiterhelfen?*"

„*Was empfindest du eigentlich für diese Frau?*", fragte Waldemar.

„*Ich mag sie*", antwortete Gabriel.

„*Magst du Cognac und Whisky?*", fragte Waldemar weiter.

„*Ich mag beides*", antwortete Gabriel, „*obwohl Cognac mag ich lieber.*"

Waldemar kämpfte gegen eine aufkeimende Verzweiflung an.

„*Verstehst du eigentlich, was ich meine?*", sagte er und sah Gabriel eindringlich dabei an.

„*Vielleicht habe ich mich auch ein wenig in sie verliebt*", antwortete Gabriel kleinlaut, „*das kann schon sein.*"

„*Halleluja!*", sagte Waldemar, „*ecce homo.*"[11]

Er empfand ganz einfach Freude darüber, dass Gabriel das ausgesprochen hatte, was offenbar war, und was alle bisher wussten, außer Gabriel.

„*Dann sag ihr das auch*", ermutigte Waldemar seinen Freund, „*sonst wird das nie etwas mit euch.*"

„*Wie meinst du das?*", fragte Gabriel, „*ganz einfach so?*"

„*Ganz einfach so*", antwortete Waldemar.

*****

---

[11] *Sehet, welch ein Mensch (Pontius Pilatus - Bibel)*

Waldemar hatte Jumana zwei Karten für die Oper geschenkt.

„Für dich und Djamila", hatte er zu ihr gesagt, *„damit ihr auf andere Gedanken kommt."*

Als Jumana mit Karim das letzte Mal im Opernhaus in Damaskus saß, um arabische Balladen zu hören, ging in ihrer Heimatstadt Latakia eine Autobombe hoch.

Seither war sie nie mehr in einem Opernhaus gewesen. Jumana liebte Opern, vor allem Tosca. Die Handlung der Oper, die über Liebe, Intrige, Gefangenschaft, Mord und Tod erzählt, berührte sie besonders.

Stunden, bevor Jumana mit Djamila in die Oper fahren wollte, bekam Djamila einen Anruf aus der Klinik.

Eine leitende Krankenschwester sei kurzfristig ausgefallen und Djamila müsse für sie einspringen.

Der Professor persönlich hatte sie angerufen.

„Sag deiner Mutter, ich habe einen Ersatz für dich gefunden; Gabriel wird sie in die Oper begleiten. Er holt sie von zu Hause ab."

Djamila reichte die Nachricht an ihre Mutter weiter und bedauerte in den höchsten Tönen, dass sie an dem wunderbaren Ereignis nicht teilnehmen könne.

Dabei vergaß sie nicht zu erwähnen, wie dankbar sie Gabriel wäre, dass er für sie so kurzfristig in die Bresche springen würde.

„Du bist ein gutes Kind", sagte Jumana, *„und der Professor ist ein großes Schlitzohr."*

*****

„Hallo, Gabriel, hat man dich ebenso hereingelegt wie mich? Oder bist du Teil dieses Komplotts?"

Mit diesen Worten wurde Gabriel von Jumana begrüßt, als er sie abholte.

„Ich habe damit nichts zu tun", antwortete Gabriel, *„Waldemar hat mich lediglich gebeten, den heutigen Abend freizuhalten. Näheres würde ich zu gegebener Zeit noch erfahren.*

Aber wenn du mir nicht glaubst, dann werde ich dich bis zur Oper begleiten und mich danach verabschieden."

Jumana sah in das Gesicht von Gabriel und lächelte. Sie konnte nichts Heimtückisches darin entdecken.

„Natürlich glaube ich dir, Habibi", antwortete Jumana, und Gabriel ärgerte sich in diesem Augenblick, dass er ganz vergessen hatte, die Bedeutung dieses Wortes zu eruieren.

Die Oper war ausverkauft. Waldemar hatte zwei Logenplätze besorgt mit freiem Blick auf die Bühne.

Der Vorhang hob sich und Jumana tauchte in der Sekunde in eine Welt ein, die so voller Schmerz war. Gabriel sah immer wieder zu Jumana hinüber, in deren Gesicht sich die Handlung auf der Bühne widerspiegelte.

Hatte er noch vor wenigen Tagen seinem Freund nicht klar darauf antworten können, was er für Jumana empfinde, so wurde es ihm gerade offenbar, was es war. Es war Liebe.

Bei der Szene, wo Tosca fliehen will und eine Mauer hinunterspringt, wobei sie stirbt, ergriff Jumana plötzlich Gabriels Hand und drückte sie ganz fest.

Gabriel legte seine zweite Hand auf die von Jumana und ein wohliges Glücksgefühl ergriff ihn.

Am Ende der Oper setzte lang anhaltender Applaus ein. Jumana war aufgestanden und rief laut: *„Bravo, bravo!"*

Es war viele Jahre her, dass Gabriel sich kulturellen Aktionen gewidmet hatte. Das war nie so richtig Birtes Welt. Umso mehr hatte er diese Vorstellung mit Jumana genossen.

„Ich bin sehr froh, dass ich die Oper mit dir genießen konnte. Es war eine ganz wunderbare Aufführung."

„*Das finde ich auch*", erwiderte Jumana, „*und vielen Dank, dass du mich begleitet hast.*"

„*Es war mir eine ganz besondere Freude, Jumana*", sagte Gabriel, und beinahe wäre ihm das Wort „Liebling" herausgerutscht.

„*Ich würde sehr gern mit dir noch etwas essen gehen, wenn das nicht zu aufdringlich ist.*"

Gabriel hatte die Worte mit viel Bedacht geäußert, um Jumana nicht damit zu erschrecken.

„*Hunger hätte ich genug*", erwiderte Jumana, „*vielleicht wieder bei diesem Italiener?*"

„*Ich weiß nicht, ob wir so ohne Bestellung einen Tisch bekommen werden*", wandte Gabriel ein, „*es ist schließlich Samstag Abend.*"

„*Vielleicht möchtest du einfach anrufen*", erwiderte Jumana, „*so könnten wir es am schnellsten herausfinden.*"

Gabriel forschte die Nummer des Restaurants aus und rief an.

„*Hallo, mein Name ist Gabriel Baumann. Ich möchte gern Herrn Leonardi sprechen. Er kennt mich.*"

„*Buonasera Signore Baumann, ich habe Ihren Anruf schon erwartet. Der Professore hat einen Tisch für Sie reserviert.*"

Gabriel teilte Jumana die Frohe Botschaft mit, worauf diese sagte:

„Was für ein großes Schlitzohr."

„Ich bin ihm trotzdem sehr dankbar dafür", erwiderte Gabriel, *„und bitte glaube mir, ich habe damit nichts zu tun."*

Jumana sah Gabriel an und lächelte. Sie hakte sich bei ihm unter und sagte:

„Das weiß ich, Habibi, dann lass uns schnell dorthin fahren."

*****

Makarona bi Batata – *Spaghetti, Hackfleisch, Kartoffeln, Zwiebel, Tomaten, Peperoni, Wasser, Sonnenblumenöl, Salz und Pfeffer.*

Anders als bei Italienern üblich, kommen hier Kartoffeln dazu, die zuvor frittiert wurden. Sie werden auf die al dente gekochten Spaghetti geschichtet, darüber kommt die Tomatenhacksauce, und alles zusammen wird für weitere zehn Minuten auf kleiner Flamme geköchelt. Dazu wird eingelegtes Gemüse serviert.

*****

Der Wirt des „Cucina Leonardi" hatte die beiden schon erwartet.

„Benvenuto amici miei!"

Andrea führte Gabriel und Jumana an den reservierten Tisch und zündete die Kerze an, die darauf stand.

„Der Professore hat schon für sie bestellt. Es ist eine Überraschung. Aber zuerst il vino."

„Warum wundert mich das nicht", sagte Gabriel, *„ich komme mir vor wie ein kleines, unmündiges Kind. Warum macht er das?"*

„Weil er dich liebt, Habibi", erwiderte Jumana.

„Bitte, sage mir jetzt endlich, was dieses Wort bedeutet", entfuhr es Gabriel in einer gewissen Heftigkeit, über welche er selber erschrak.

„Entschuldige bitte", fügte er sogleich hinzu und Jumana erwiderte:

„Hab nur noch ein wenig Geduld, Habibi. Du wirst es noch heute Nacht erfahren."

Andrea war an den Tisch zurückgekommen. Er hielt eine Flasche in der Hand.

„Das ist eine Flasche Terre Siciliane IGT Tangredi 2018 – Dolce & Gabbana e Donnafugata."

Stolz schwang in seiner Stimme mit, als Andrea den Schatz aus seinem Weinkeller präsentierte.

„Der ist nur für ganz besondere Gäste und Freunde des Professore."

Kurz darauf brachte ein Kellner das etwas andere Spaghettigericht. Andrea, der noch am Tisch stand, wies auf die Teller hin und sagte:

„Das sind syrische Spaghetti. Sie heißen <Makarona bi Batata> und wurden von unserm Koch nach einem Rezept, das uns der Professore zur Verfügung gestellt hat, zubereitet.

Ich hoffe, unser Koch konnte dem Original gerecht werden und wünsche buon appetito!"

Jumana schaute ungläubig auf ihren Teller.

„Das ist Wahnsinn", sagte sie, *„wo hat Waldemar nur das Rezept her."*

Gabriel schüttelte den Kopf.

„Es gibt wohl nichts, was dieser Mensch nicht kann", sagte er, *„ich hätte nie gedacht, dass er mich noch mit irgendetwas überraschen könnte…"*

Jumana begann zu essen. Nach ein paar Bissen sagte sie:

„Besser hätte ich das auch nicht hinbekommen."

Als Andrea um eine Bestellung für das Dessert bat, verweigerten sich beide.

„Höchsten etwas für die Verdauung", sagte Gabriel, worauf Andrea einen alten, sehr lange gelagerten Grappa brachte.

„Trinken Sie ein Glas mit uns, Andrea", sagte Jumana, *„Sie haben uns so viel Freude bereitet, und wir möchten mit Ihnen darauf anstoßen."*

„Grazie mille, Signora", erwiderte Andrea, setzte sich nieder und stieß mit einem kräftigen *„saluti"* auf das Wohl seiner beiden Gäste an.

„Woher kennen Sie den Professor?", fragte Gabriel und Andrea antwortete:

„Er hat meiner Frau das Leben gerettet, und das werde ich ihm nie vergessen. Aber jetzt will ich das Liebespaar nicht mehr länger stören", sagte Andrea und entfernte sich.

„Das hat ihm Waldemar sicher so gesteckt", sagte Gabriel, etwas peinlich berührt.

„Und? Wäre das so schlimm?", erwiderte Jumana.

„Wer weiß, vielleicht stimmt es ja sogar…"

*****

Gabriel hatte Jumana die Tür seines Autos geöffnet, um sie einsteigen zu lassen. Als er auf der Fahrerseite Platz genommen hatte, fragte er Jumana:

„Möchtest du noch in eine Bar oder tanzen gehen?"

„Zum Tanzen bin ich viel zu müde", antwortete Jumana, *„ich möchte nur noch ins Bett."*

„Gut, dann fahre ich dich jetzt nach Hause", erwiderte Gabriel, und in seiner Stimme lag eine unüberhörbare Tristesse.

„Das geht nicht, Habibi", sagte Jumana, *„ich habe einen Wasserrohrbruch bei mir zu Hause. Alles steht unter Wasser."*

Gabriel sah Jumana verständnislos an. Es dauerte eine Weile, bis sich die Nebel gelichtet hatten.

„O, mein Gott; das ist ja furchtbar", sagte er dann. *„Dann fahren wir wohl besser zu mir, wenn dir das recht ist."*

„Das wäre mir sehr recht, Habibi", erwiderte Jumana, *„das ist sehr großzügig von dir."*

Als sie bei Gabriel angekommen waren, nahm Jumana Gabriel bei der Hand und zog ihn hinter sich her die Treppe hinauf. Sie führte ihn in das Schlafzimmer, welches vor einiger Zeit für sie hergerichtet worden war.

„Heute helfe ich dir beim Ausziehen", sagte Jumana und Gabriel ließ es geschehen.

Dann liebten sie sich, und die Sehnsucht, welche die beiden seit langer Zeit füreinander empfanden, entlud sich in einer wilden Ekstase.

Als sie erschöpft nebeneinanderlagen und sich in die Augen sahen, sagte Gabriel:

„Willst du mir jetzt endlich sagen, was Habibi bedeutet?"

Jumana lächelte und antwortete:

„Habibi heißt Liebling, mein Liebling."

*****